Une mission révélatrice

Aurélie Périllier

"A un être au grand cœur qui est parti
beaucoup trop vite, ma petite mamie..."

Edition : Books on Demand GmbH, 12/14 rond-point des Champs
Elysées, 75008 Paris, France
Imprimé par Books on Demand GmbH, Norderstedt, Allemagne
ISBN 978-2-8106-1959-7
Dépôt légal : septembre 2010

Chapitre I

Encore une journée étouffante ! Voilà dix jours qu'une chaleur écrasante s'est installée sur New York. Rien d'étonnant pour un mois d'Août. Mais aujourd'hui l'agent Clency venait de clore une mission qu'il pensait ne jamais achever.

Assis dans son fauteuil préféré, les jambes reposant sur la table basse, Jack se délectait de sa bière bien fraîche. Agé de trente deux ans, Jack ne pouvait être que satisfait de son parcours. Au collège, il appartenait à une équipe de football américain. Il était le capitaine le plus doué de l'Etat.

Elève modèle, il avait d'excellentes notes. Mais le seul point noir était le jour de ses quatorze ans.

Pour fêter son anniversaire, ses parents, sa jeune sœur et lui-même allèrent au restaurent.

C'est durant le trajet qu'une partie de Jack sera anéantie. Un chauffard ivre mort roulant en sens interdit les percuta de plein fouet, tuant sur le coup ses parents et sa sœur Katie. Lui même se demande encore comment il a bien pu sortir du coma avec aucune séquelle, seulement des petites cicatrices.

Un mois après son rétablissement il fut placé dans une maison d'accueil. Arrivèrent alors une succession de familles où il ne restait pas plus de deux semaines. A chaque fois, il s'enfuyait et traînait dans les rues. Il était devenu l'un de ces petits vagabonds abandonnés de tous. Il fut arrêté plusieurs fois pour vole et violence. Puis un jour, il fut accusé de coup et blessure sur un certain Jean qui l'avait lui-même agressé. Mais sans témoin personne ne le croyait à cause de son passé. L'homme de loi sachant la vérité puisqu'il avait déjà jugé ce Jean, lui avait proposé une issue de secours. A l'âge de dix-huit ans, il s'engagea donc dans l'armée. Il espérait évacuer cette colère qui l'envahissait depuis ce soir là, mais rien n'y fait. Cette colère en était devenue une force.

Aujourd'hui il est l'un des cinq meilleurs agents du pays. Le juge avait sauvé son avenir.

Il était devenu son second père. De temps à autre il lui rendait visite. Récemment il avait appris pourquoi le juge lui avait accordé cette chance. Son propre fils était tombé dans la drogue, malheureusement personne n'a été là pour le protéger. Voulant se racheter, le juge pensait que Jack était le seul moyen d'y parvenir en l'aidant. Bien qu'aucun acte puisse changer un passé, Jack lui en était redevable.

Le téléphone se mit à retentir, Jack posa sa canette et décrocha :

_ Clency, j'écoute!

_ Jack? C'est Mitch. Je viens d'apprendre que Sweety est au trou. Encore une mission réussie ! Malheureusement j'ai deux mauvaises nouvelles pour toi, Cassy ne peut réussir la mission seule, je m'en aperçois. Elle doit avoir besoin de renfort. Comme tu le sais les maffieux peuvent être très envahissants face à une femme. Elle n'a donné aucune nouvelle depuis deux semaines.

Jack savait déjà ce que lui voulait Mitch. Il soupira.

_Et tu veux que je parte la rejoindre, n'est ce pas ?

Mitch ne savait pas comment le lui demander. D'un ton hésitant il répondit :

_Jack tu es mon meilleur pote, mais surtout mon meilleur agent. Je ne peux pas donner cette affaire à n'importe qui.

Jack avait vaguement entendu parler de la mission de Cassy. La fille d'un Mafieux se portait témoin du meurtre de la femme du Maire. Mais ce meurtrier était l'un du groupe de son père. D'ailleurs il se demanda pourquoi cette femme voulait vendre son patriarche à la justice, car ce témoignage pouvait détruire le gang. Or ce complot a été découvert, et c'est ainsi que cette femme s'est retrouvé séquestrée dans sa propre maison familiale.

Cassy devait donc libérer cette femme.

_Ok, répondit-il dans un soupire, ça ne faisait que deux heures qu'il avait terminé sa mission, les vacances seront pour plus tard. On se voit à cinq heures, au café de la cinquième avenue ?

Mitch accepta le rendez vous, ils finirent leur conversation et Jack raccrocha avec un peu d'angoisse.

Cela faisait déjà douze ans que Mitch, Cassy et Jack se sont rencontré. Mitch et Jack avaient partagé leur chambre à l'armée, plus tard Jack avait fait la connaissance de Cassy la sœur de Mitch. Depuis le premier jour ils étaient inséparables au point qu'ils aient créé leur propre agence ensemble la « CMJ's protection ». En sept ans ils ont dû résoudre plus de trente missions avec succès.

Mais le métier d'agent secret représente un gros risque qu'eux trois connaissaient.

Jack finit sa bière et se leva prendre ses affaires de sport. Le sport lui a toujours permis de se relaxer et de décompresser. Il prit les clés de sa voiture sur le comptoir et sortie.

Mitch finissait de lire le dossier concernant la mission de Cassy, quand il vit son ami approcher. Un sourire ironique aux lèvres il le salua.

_Qu'est ce qui t'arrive ? Pourquoi souris tu ? s'étonna Jack.

_T'es vraiment aveugle ! Toutes les femmes de ce café t'ont dévoré des yeux, elles doivent toutes être jalouses de moi, Mitch se mit à ricaner.

Jack se retourna et vit quelques femmes lui sourire. Il est vrai qu'il n'avait jamais eu de problème pour attirer les femmes, mais pour l'instant les femmes pouvaient attendre sauf Cassy.

_Bon, trêve de plaisanterie. Voici le dossier de Cassy, comme tu le verras toutes les informations concernant la mafia de Fineli et de sa fille sont dedans.

Une question taraudait Jack :

_Quand as-tu eu des nouvelles de Cassy pour la dernière fois ?

_Deux semaines. Je ne comprends pas pourquoi elle n'arrive pas à trouver d'échappatoire !

Mitch a toujours été dur avec sa sœur.

_Arrête, tu sais bien qu'elle est la meilleure. Il y a sûrement dû avoir des changements qu'on ne s'y attendait pas. Il vaudrait mieux que je parte au plus vite.

Jack considérait Cassy comme sa propre petite sœur, elle avait remplacé celle qu'il n'avait pas su protéger.

_Le jet est prêt. Tu pars dans une heure. Mitch parut hésitant. Tu crois qu'ils se doutent de quelque chose ?

_Je ne l'espère pas ! Je te tiendrais au courant.

Une heure plus tard Jack prenait le vol pour San-Antonio. Dans le jet il étudia l'affaire. Il incarnera Joe, un dealer qui voudra intégrer la mafia de Fineli.

Des phares aveuglants surgirent devant lui comme par enchantement, il entendit des cris et se demanda ce qu'il se passa. Puis un bruit effroyable retentit. Jack se réveilla en sursaut, trempé de sueur. Maudit cauchemar, il rêvait encore de l'accident qui avait emporté sa famille. Il s'était assoupi sans s'en rendre compte.

Il regarda sa montre, il ne restait que trois quarts d'heure de vol. Il se leva et alla prendre une douche, ça lui évacuera peut être ses idées noires.

Cela faisait des années qu'il n'avait pas fait de cauchemar. Il avait été voir des médecins pour soigner ses insomnies et il en fut guéri. Peut être est ce à cause de cette affaire.

_Oh Jack arrête de penser, sinon tu vas pourrir la mission ! rugit-il.

Il sorti de la douche et s'habilla.

Grâce à la réussite de l'entreprise, ils ont pu s'offrir un jet adapté pour leurs nombreux voyages.

Equipé d'une cabine de douche et de sièges qui se transformaient en couchettes, le jet leur permettait de se reposer et d'atteindre leur destination plus rapidement.

Il retourna à son siège et nettoya son arme. C'était un CZ75 calibre 9 mm parabellum.

Jack adorait cette arme. Il s'était toujours demandé si elle avait été créé uniquement pour sa main. Jamais il ne s'en séparait.

D'ailleurs bien des fois elle lui avait sauvée la vie.

Tout comme la personne qui lui avait offert, au début de l'ouverture de leur entreprise...

10

Six ans plus tôt...

_Mitch, monte dans l'hélico ! Dépêche-toi ! lui intima Jack.

C'était leur troisième mission, ils avaient localisé l'enfant des Fields. Madame Fields n'acceptant pas son divorce en cours, avait enlevé son fils afin de ne pas en être séparé.

Mais le frère de cette dernière était un ancien prisonnier du pénitencier. Il avait tué sa femme et son meilleur ami après les avoir découverts au lit ensemble.

Après avoir retrouvé Peter Fields, ils ont réussi à le récupérer. Mais le frère de madame Fields les ayant découverts est allé chercher son fusil à pompe, et les a pris en chasse.

Cassy portait Peter, mais le poids de l'enfant ralentissait sa course. Mitch lui pris alors Peter des bras afin d'aller plus vite. Un coup de fusil retenti. Le sifflement passa à coté de l'oreille de Jack et vint se loger dans l'épaule de Cassy. Celle ci s'écroula à terre.

Mitch l'entendant crier se retourna, et voulu l'aider.

_Mais bordel cours ! Vas vite mettre à l'abri ce gosse, lui ordonna Jack. Je m'occupe de Cassy.

Mitch paru hésiter, sa sœur était à terre, il ne pensait qu'à la sauver et rien d'autre. Jack le remarqua et le rassura :

11

_Mitch ne t'inquiète il ne lui arrivera rien tant que je serais en vie, je te le promets.

_Aller petit frère ramène le gosse à l'hélico, c'est mon bras qui est touché. On va retenir ce salaud et on arrive.

Mitch se renfrogna et couru jusqu'à l'hélicoptère qui les attendait.

_Il va falloir qu'on se cache avant que ce taré nous voit Cassy.

Il vit la jeune femme pâlir et senti l'adrénaline monter dans son sang.

_Jack derrière toi ! cria Cassy.

Dans un réflexe surhumain, Jack se retourna en sortant son revolver visa et tira sur l'homme tenant un fusil braqué sur lui. Le coup parti et se planta dans le cœur du malfrat. Celui ci tomba à terre après avoir poussé son dernier souffle.

Cassy se laissa tomber au sol avec soulagement.

_Je te l'avais dit que cette arme portait chance, ricana-t-elle.

_Ouais, pour une fois que tu m'offres un bon cadeau, dit-il en souriant. Ouf, on l'a échappé bel. On peut dire que la boîte commence bien…

Depuis ce jour, Jack bichonnait son arme. Grâce à elle, la seconde chance pour échapper à la mort lui avait été offerte.

San-Antonio, ville abandonnée où s'entassaient les prostitués, la drogue mais surtout la mafia.

Giovanni Fineli avait construit son empire en Italie puis s'était installer ici.

Drogue, alcool, prostitué : un cocktail aphrodisiaque pour un quartier délabré. Jack se demandait encore comment un pays aussi riche pouvait en arriver là.

_Taxi ! siffla-t-il. Il monta dans le véhicule et indiqua l'adresse de l'hôtel où Mitch lui avait réservé une chambre.

Arrivé devant le bâtiment, il constata que son ami n'avait pas fait les choses à moitié. Un dealer novice ne logeait certainement pas dans un hôtel de luxe, évidemment. Il paya sa course et se présenta à l'accueil. La vitre de séparation était brisée et les murs avaient bien besoin d'un petit rafraîchissement.

La réceptionniste s'approcha en ondulant les hanches :

_Que puis je faire pour toi beau gosse ?

_J'ai une réservation sous le nom de Joe Zueni.

Il évita de regarder cette femme habillée d'un tissu qui ne recouvrait que sa poitrine et, d'une jupe qui aurait donné une crise cardiaque à n'importe quel New New-yorkais. Elle devait être âgée de dix huit ans à peine. A cet âge elle aurait dû être en train de faire des études, préparer son avenir. Jack ignora sa provocation.

_Chambre 128. La mienne est derrière ce comptoir si ça te dis, lui rétorqua-t-elle en lui tendant les clés.

_Ca ira je vous remercie.

Jack n'était pas choqué par la question car il en était habitué à ce genre de requête. Mais le fait que ce soit une jeune femme à peine sortie de l'adolescence qui la lui pose. Comment pouvait-on tomber aussi bas ?

En ouvrant la porte de sa chambre il commença à regretter son rôle. C'était comme s'il entrait dans une prison. Des barreaux rouillés renforçaient la sécurité des fenêtres, les murs étaient recouverts d'une peinture datant des années soixante, de même pour le sol en moquette orange et le lit grinçait sous son poids lorsqu'il s'y allongea.

Tant pis pour le confort pour l'instant il ne pensait qu'à dormir un peu. Il regarda sa montre qui lui indiqua vingt trois heures. Il se leva rangea ses affaires et se coucha.

_Alberto, il va falloir trouver une solution concernant Cara.

_Oui monsieur. Justement, elle voudrait entretenir une discussion avec vous. Hier encore elle a voulu forcé le passage pour vous rejoindre. Pensez vous que l'enfermer est la meilleur solution pour la faire taire ?

_Voudrais-tu que je l'a tue ? Sais-tu de qui tu parles ? Jamais je ne tuerais ma fille bien qu'elle veuille me vendre au flic. Si ce vaut rien de Carlos n'avait pas eu la gâchette facile on n'en serait pas là aujourd'hui !, s'écria-t-il.

Deux mois auparavant, Giovanni avait réussi à trouver l'homme qui avait assassiné sa femme.

Ses hommes réussirent à neutraliser les gardes, pendant que lui et Carlos étaient à la recherche de ce meurtrier. Celui ci se trouvait au lit avec une jeune femme qu'il reconnu. C'était l'épouse du maire. Toutes des catins avaient-ils pensé. Celle ci avait crié si fort à leur apparition, que Carlos perdît son sang froid et tira. La femme laissait son corps sans vie sur le lit.

En se retournant pour mettre son poing à la figure de Carlos, il avait aperçu sa fille devenir livide.

Cara faisait partie de son gang. Entendant les cris, elle avait voulu leur venir en aide. Mais elle avait assisté à la scène.

Depuis elle avait pour objectif, de se porter témoin devant la justice. Mais son action pourrait faire écrouler des générations de travail qu'avaient échelonné les Fineli.

Il l'avait donc enfermé dans sa chambre, ne lui laissant plus ainsi, aucune liberté et la coupant du monde.

_Bon je vais aller voir ce qu'elle me veut. Peut être est-elle revenue à la raison.

Au moment où il franchir la porte de son bureau, il rencontra Fiona. Cette femme qui était arrivée dans sa vie comme un coup de canon. Il détailla sa silhouette sculptée comme les déesses grecques. Ses jambes interminables paraissaient douces comme de la soie. On avait qu'une envie c'était de les toucher, une envie qui lui brûlait les doigts depuis qu'il l'ait rencontrée. Son bassin bombé remplirait facilement les mains d'un homme, tout comme sa taille de guêpe. Et ses sains généreux et bien rond, que tout homme rêve de toucher.

Levant les yeux il constata qu'elle lui souriait.

_Fiona, ma chérie ! Que fais-tu ici ?

15

_J'allais à ta rencontre. Tu me manquais atrocement, ronronna-t-elle.

_Vois tu, je suis un homme très occupé. D'ailleurs j'allais rendre visite à ma fille avant d'aller à un rendez vous.

_Si tu es si occupé, je pourrais très bien aller la voir à ta place.

_Non. Il se trouve qu'elle veut absolument me voir, et j'espère que c'est pour m'annoncer une bonne nouvelle.

_Attend mon amour, je te trouve bien fatigué en ce moment. Laisse moi y aller à ta place, je n'aimerais pas qu'elle te contrarie une nouvelle fois.

_D'accord, si tu y tiens. Mais sermonne là s'il te plait, j'en ai plus qu'assez de cette menace qui traîne.

Fiona surpris le regard étonné d'Alberto, mais Giovanni était déjà penché sur son visage.

Il l'embrassa sur la bouche et lui chuchota à l'oreille :

_De mon coté j'arriverais bien à te faire changer d'avis, et de t'amené à mon lit chérie.

Il lui sourit et s'en alla.

Qu'elle porc ! Cassy n'en pouvait plus de faire semblant d'être la future femme de Fineli.

Mais elle allait pouvoir enfin parler avec Cara. En un mois c'était son premier résultat positif. Il y a deux semaines, elle avait bien cru que Mitch allait passer ses mains à travers le téléphone et l'étrangler.

Se dirigeant vers la chambre de Cara, elle se remit en tête son plan d'évasion. Avec l'aide de Cara, elles arriveront sûrement à sortir d'ici demain. Mais pouvait-elle lui faire totalement confiance. Elle était tout de même la fille et membre du gang de Fineli.

_Ouvrez cette porte Dominique s'il vous plait, c'est monsieur Fineli qui m'envoie.

Dominique un des gardes du corps, prit son talkie-walkie et vérifia.

_Désolé mademoiselle, mais ce sont les ordres de monsieur Fineli. Je dois toujours avoir sa confirmation.

_Vous faites votre travail Dominique.

Il lui ouvrit la porte et la laissa entré. La porte se referma derrière elle.

Cara lui tournait le dos, accoudée à la fenêtre elle regardait au dehors.

_Cara ?

La jeune femme se retourna et la fixa.

_Qui êtes vous ?

Etant enfermé depuis un mois et demi, elle ne pouvait connaître ni son existence et ni son rôle dans cette maison. Cassy ne savait pas si elle devait tout avouer maintenant ou plus tard. Partant sur le premier choix et chuchota :

_Je suis un agent, je suis venu ici pour vous libérer. Or personne ne sait bien entendu, qui je suis vraiment ici. Alors je vous prierais de bien vouloir collaborer. Me suis je bien fait comprendre ?

_J'ai du mal à comprendre. Vous êtes ici pour me venir en aide ? Mais comment avez vous réussi à entrer ?

_Je me fais passer pour Fiona Dexter, la femme de ménage. Mais par chance votre père veut que je sois plus

17

que sa femme de ménage. Je dis chance, car je peux mieux vous approcher, précisa-t-elle en voyant son regard ahurit.

_Vous n'arriverez jamais à me faire sortir d'ici ! Si vous êtes devenu si proche vous devez savoir que mon père ne laisse rien au hasard.

_Ne vous inquiétez pas j'ai un plan pour vous faire sortir de là.

_Etes vous seule ?

_Oui.

_C'est voué à l'échec d'avance. Il y a des gardes tout autour de la maison, il est impossible de rentrer ou de sortir d'ici sans être remarqué.

_C'est pour cela que j'ai besoin de votre aide. J'aimerais que vous me fournissiez tous les renseignements concernant la sécurité…

A son réveil, Jack se senti un peu mal. L'odeur que dégageait cet endroit n'y était pas pour rien. Il se leva et s'habilla rapidement. Cassy avait besoin de son aide et plus vite il se mettra en contact avec Fineli et plus vite il pourra aider Cassy.

Il appela Mitch pour le prévenir de son arrivé a San-Antonio, et qu'il allait commencer la mission.
Après quelques brèves échanges, Jack mit fin à la communication.

Il trouvait que Mitch s'inquiétait beaucoup trop pour sa sœur. Cassy est un excellent agent, d'ailleurs elle est le meilleur qu'il n'ait jamais vu avec Mitch.

18

Tandis que Jack et Mitch appartenaient au corps des forces spéciales, Cassy travaillait pour la CIA. Jamais il ne l'a entendu se plaindre, sauf bien entendu de la surprotection de son frère.

Jack le comprenait, n'aurait-il pas fait la même chose si Katie avait survécu ?

Prenant quelques billets, il quitta de sa chambre. Par chance la réception était déserte.

Il prit la direction du centre ville où deux des hommes de Fineli venaient prendre leur déjeuner avant d'entamer leur service. Les photos et les descriptifs permirent à Jack d'approcher Fineli plus facilement. Il s'agissait d'un certain Carlos et d'Alberto. Passant devant une vitrine il regarda son apparence. Il ne s'était pas rasé en rentrant de mission. Forte heureusement, ainsi il apparaissait vraiment comme un dealer.

Il poussa la porte du café et analysa la pièce rapidement. Les deux colosses étaient assis à une table dans un renfoncement. Une table était libre à coté d'eux. Il alla s'y installer et eu une idée. Il prit son téléphone :

_Non ! Tu ne peux pas me faire ça. Tu m'as commandé cinq cent grammes. Tu ne peux pas te désister à la dernière minute.

Jack vit ses voisins tendre l'oreille discrètement. Ils parurent intrigués par la fausse conversation téléphonique de Jack.

_Tes problèmes ne sont pas les miens, je ne peux pas traîner ce magot avec moi trop longtemps… Non ! Attend ! Il regarda son téléphone ahuri et s'écria : Le fumier ! Il me le paiera.

_Ca va monsieur ? demanda Carlos. Alberto le fusilla du regard. Apparemment ils n'étaient pas autorisés à converser avec les étrangers.

_Non tout va bien, juste un petit souci de business.

_Petit soucis dites-vous ? Ca n'en avait pas du tout l'air, insista Carlos.

_Ce n'est pas un sujet qu'on peut évoquer à n'importe qui.

Jack avait mis dans le mile. Le dénommé Alberto commença à s'intéresser à la conversation.

_Nous aussi nous ne pouvons pas facilement parler de nos *sujets*, dit il en insistant sur le mot sujet. Voudriez vous vous joindre à nous ? demanda-t-il en montrant son arme.

Voyant le visage surpris de Jack, il précisa :

_J'ai un excellent flaire pour repérer les dealers, et surtout nous ne pensons que du bien d'eux, si cela peut vous rassurer.

Jack sourit intérieurement. Ces types ne sont peut être pas si professionnel que ça.

_Joe Zueni, se présenta-t-il en serrant une poignée de main à chacun.

_Moi c'est Alberto, et l'indiscret en face de moi est Carlos. Alors qu'elle était votre problème ?

_Un client s'est replié parce qu'il est une véritable poule mouillé. Du coup je me retrouve avec cinq cent grammes de cocaïne. J'ai donc quarante mille dollars qui me passent sous le nez.

_Hum… Notre patron est monsieur Fineli, vous devez sûrement connaître et….

_Carlos ! coupa Alberto.

_Quoi tu sais bien que le patron ne rate jamais une occasion.

Jack constata qu'il devra beaucoup s'aider de Carlos s'il veut sortir les deux femmes de cette maudite baraque. Alberto le regarda l'air méfiant.

_T'es réglo ? Pas de femme, pas de gosses, pas de flic aux trousses ?

_Les ennuis ? Ce n'est pas mon truc mec.

_Et j'imagine que tu n'as pas la marchandise sur toi.

_Non, ce ne serait pas très pro, surtout si les flics nous fouillent par malchance, dit Jack en riant.

Alberto commença à écrire sur un papier, et lui dit en le lui tendant :

_Viens demain matin à cette adresse. Tu rencontreras le patron, peut être qu'il aura besoin de toi. Et surtout ne viens pas sans la marchandise. Si elle est bonne, ça t'ouvrira les portes.

_Pour vous répondre, Fineli ne peut être inconnu pour nous tous. Bonne journée.

Jack pris le papier et s'en alla le sourire aux lèvres. Un vrai jeu d'enfant pour rencontrer le patron. Mais la sortie devait être un peu plus rude, constata-t-il.

Chapitre II

_Quoi ? Qu'est ce que vous me dites ? cria Giovanni en posant brusquement son verre de Whisky faisant ainsi renverser quelques gouttes du liquide sur son bureau tapissé de cuir. Vous me vendez à n'importe qui sans le connaître.

Giovanni fusilla Alberto du regard :

_Ce n'est pas parce que tu es mon petit frère que tu dois te permettre de décider à ma place.

_Patron, c'est moi le fautif, intervient Carlos. J'ai parlé sans réfléchir. Alberto ne cessait de me recommander de la boucler, mais j'ai continué. Je suis sûr que c'est un bon dealer.

Enfin il l'espérait en son fort intérieur. Carlos se sentait très mal. Il savait que s'il était encore en vie, c'était grâce à la chance. Bien qu'il soit le cousin de Giovanni rien ne l'empêchait de l'abattre. En effet, tuer la femme du maire n'était certainement pas la meilleure chose qu'il aurait pu faire dans sa vie.

Giovanni soupira et alla s'installer derrière son bureau face à l'ordinateur. Il ouvrit le site réservé aux agents de l'ordre. Son neveu, le fils d'Alberto est un surdoué de l'informatique. Au point qu'il avait réussi à pirater leurs ordinateurs. Ainsi Giovanni était au courant de toutes les informations dont il avait besoin.

_Qu'elle est son nom Alberto ? A moins que vous ayez oublié de le lui demander.

_Joe Zueni, répondit-il entre ses dents.

Il tapa sur le clavier le nom de cet individu et un fichier s'ouvrit à ce nom.

_Trafiquant de drogue, arrêté huit fois l'an passé, mais ils ne possédaient jamais assez de preuves pour le poursuivre. Pas mal ! Ton intuition ne t'as peut être pas encore trahis petit frère.

Giovanni énuméra encore quelques informations du faux casier judiciaire de Joe. Un sourire commença à étirer les lèvres du mafieux.

_Je sens qu'il va me plaire ce petit gars. Mais je me demande ce qui l'a poussé dans le business : il est écrit qu'il était dans les forces spéciales pendant huit ans. J'attends ses explications.

_Tu ne les aura que demain matin, intervient Alberto fier de cette initiative. Je lui ai dit de venir avec le magot. Mais c'est un atout qu'il soit formé. Ca explique pourquoi il n'a jamais pu être jugé, il connaît les techniques des flics.

_Dorénavant évitez de faire des castings avec tous les mecs qui téléphonent, ça pourrait se jouer contre nous…

Giovanni fut interrompu par des coups frappés à la porte de son bureau.

_Jamais tranquille ! Oui cria-t-il.

_Je te dérange ? demanda Fiona en regardant tour à tour les trois hommes, toujours à demi dissimulée derrière la porte.

_Non entre *bella*, on a terminé. Il regarda sa montre et constata qu'ils avaient passés deux heures à discuter sur ce gars. Il se leva et s'adressa aux deux hommes : vous êtes libre pour le reste de l'après midi, vous pouvez rentrer chez vous.

Alberto et Carlos saluèrent Giovanni puis sortirent du bureau, sans un regard pour la jeune femme.

Cassy ne se sentait jamais en sécurité lorsqu'elle se retrouvait seule avec Fineli. Hors malheureusement, plus elle prendrait du temps pour clore cette mission, plus Fineli la forcera à l'accompagner dans son lit.

Prenant un peu de courage elle demanda :

_Mon amour, tout va bien ? On dirait que tu viens de gagner au loto, plaisant-t-elle.

_Ah ! Tu n'es pas loin *cara*. Il se trouve que mon cher frère ainsi que sa bonne intuition, m'ont peut être dégoté un petit nouveau qui a l'aire pas mal.

Cassy sentie son sang se glacer. Encore un nouveau ! Voilà le problème qu'elle encoure depuis deux mois. Si ce vaut rien de Carlos la fermait un petit peu plus, elle aurait terminé sa mission au bout de trois semaines. Mais plus il y avait de nouveau et plus elle risquait de mettre la vie de Cara en danger. Seul les plus anciens connaissent la fille de Fineli. N'importe qui aujourd'hui pouvait donc l'abattre sans se poser des questions.

Avant de les interrompre, Cassy avait vaguement entendu leur conversation derrière la porte. Mais en entendant que ce certain Joe avait appartenu aux forces spéciales, elle pensait qu'il s'agissait d'une nouvelle victime. Elle avait donc toqué pour en savoir un peu plus.

_Oui, ou peut être encore un voyou.

Ces paroles ont dû déplaire à Giovanni car il l'attrapa par les poignées et les serra très fort.

_Fiona chérie, je ne te permets pas de porter un jugement, alors que tu ne connais rien au métier. Dois-je te rappeler que si je n'avais pas décidé de t'épouser, tu ne serais en ce moment en train d'astiquer toutes les pièces de cette maison ?

_Giovanni, tu me fais mal ! Lâche-moi s'il te plait, supplia-t-elle d'une voix tremblante.

Voyant certainement les larmes monter à ses yeux, il desserra un peu la prise.

_Evite certaines remarques à l'avenir.

Voilà ce que redoutait Cassy. Cet homme était vraiment féroce et avec n'importe qui, quand il s'agissait de ses affaires. Il va falloir qu'elle fasse plus attention à ce qu'elle dit, comme le lui avait conseillé Fineli à l'instant.

_Je suis désolée mon amour, je ne recommencerais plus. De toute façon je ne suis pas venu te déranger pour critiquer tes hommes.

Giovanni la relâcha et alla se caler contre le bureau, attirant ainsi l'attention de Cassy sur l'écran de l'ordinateur.

"Ce visage...Seigneur !", se dit-elle.

Reconnaissant le visage de Jack, Cassy se figea ne savant plus ce qu'elle voulait dire. Est ce que Jack est la prochaine victime ? Un long frisson dans le dos la frigorifia d'un coup.

Son étonnement ne devait pas passer inaperçu car Giovanni suivit son regard.

_C'est Joe, le nouveau. Tu le connais ?

_Non ! cria-t-elle presque. Je me demandais qui pouvait être cet homme.

_Si tu le dis. Alors pourquoi es-tu devenu si pale ?

_J'ai cru que c'était encore une personne que tu devais te débarrasser. J'ai toujours peur qu'il t'arrive quelque chose. Cassy se félicita pour son imagination.

_Ne t'inquiète pas chérie je suis indestructible ria-t-il. Alors de quoi voulais-tu me parler ?

_Ah oui. C'est à propos de Cara. Je me demandais si cela t'embêterait que nous passions plus de temps ensemble. Peut être que lui parler, de lui montrer certaines choses la ferais revenir à la raison.

_Très bonne idée, mais il va falloir que je renforce la sécurité pour qu'elle ne puisse pas s'enfuir.

_Tu n'as pas besoin de faire ça, j'irais la voir dans sa chambre.

26

_Mais tu ne voulais pas lui montrer des choses ?
Quelles choses d'ailleurs ?

_Oh des photos de famille par exemple. Elle prendra
peut être conscience que tu es son père tout de même, et
qu'elle ne peut pas te jeter en prison.

_C'est d'accord, mais ne la laisse jamais sortir de sa
chambre. De toute façon un de mes hommes surveille sa
porte.

_Bien je te laisse alors. Elle commença à se diriger vers
la porte lorsqu'il l'a rattrapa et la fit pivoter. Avant
qu'elle ne puisse réagir, elle se retrouva serré contre lui.

_Allais tu partir sans m'embrasser ?

Elle n'eut pas le temps de répondre que les lèvres de
Giovanni se retrouvèrent collées aux siennes. Déjà il la
forçait à entrouvrir ses lèvres. Tout son corps le
repoussait, mais elle n'avait pas le choix si elle ne voulait
pas le contrarier ou encore lui donner des soupçons, elle
devait capituler.

Ecœurée elle le repoussa :

_Mon amour, tu sais bien que je ne veux pas faire
l'amour avec toi avant le mariage. Cesse de m'embrasser
ou nous pourrions succomber.

_Je devais être saoul quand tu m'as demandé la
chasteté jusqu'au mariage. Est-on vraiment obligé de
faire lit à part ?

_Oui et tu y arriveras, dit-elle en riant. Bon cette fois je
te laisse à tes affaires. Cassy commença à s'écarter de
Giovanni mais celui ci la retint.

_Attend, tu m'as l'aire bien pressée. Me fuirais-tu par
hasard ?

27

_Non pourquoi cette question ?

_Tu veux absolument t'éloigner de moi, alors que j'avais prévu une soirée entre nous. As-tu quelque chose de prévu ?

_Non je voulais simplement te laisser, je pensais que tu étais occupé.

Cassy espéra que cette excuse le conviendrait. Ce qui fut le cas :

_Oui je suis occupée à me détendre avec toi. Un restaurant Indien, ça te convient ?

_D'accord je vais me préparer.

Cassy pu enfin s'éclipser. D'un coté elle était écœurée de devoir jouer ce rôle avec Giovanni, cet homme qu'elle méprisait de toutes ses forces. Et de l'autre, elle était folle de rage que Jack lui vienne à la rescousse. Mitch ne lui faisait pas confiance ! Combien de fois devra-t-elle lui prouver qu'elle pouvait se débrouiller seule ?

Un sourire apparaissait timidement sur le visage de Cassy. La présence de Jack n'allait elle pas l'aider à prouver que même à ses côtés, elle maîtrisait parfaitement la mission ?

Cassy avait qu'une hâte, que Jack arrive au plus vite pour que Mitch se rende compte de son erreur de jugement.

Pour le moment elle devait se changer, bien que la perspective de passer une soirée avec Giovanni ne l'enchantait guère.

Jack trouvait assez suspect la facilité avec laquelle il avait pu entrer en contact avec les deux hommes de Fineli.

Aucune de ses missions n'avait été aussi simple. A moins que Fineli ne laissait aucune trace des visiteurs n'ayant aucun intérêt.

Jack devait donc rester sur ses gardes, et devait être à la hauteur de son personnage bien préparé par Mitch.

Il prit son ordinateur portable et envoya un message à Mitch lui expliquant la progression de son infiltration. Celui ci lui répondit aussitôt :

Bravo Jack ! A peine arrivé et tu es déjà en contact avec ce mafieux. Si tu fais sortir la jeune femme avec cette même rapidité, je pourrais convaincre Cassy d'abandonner le terrain. Fineli a déjà contacté le casier de Joe. Il se croit malin, mais nous savons que notre site judiciaire est piraté. Essais de terminer cette mission au plus vite. Mitch.

Jack n'était pas d'accord avec Mitch. La place de Cassy est sur le terrain. Toutes les missions qu'il a partagé avec elle n'ont été que des succès. Jamais ils n'ont été en désaccord, elle était même le meilleur coéquipier qu'il n'est eut. Il devait y avoir une justification de son retard, il en était certain.

Demain il rencontrerait Giovanni Fineli, et il espérait ne pas être sans intérêt. Il prépara la Marijuana récoltée pour la mission, la rangea dans son sac et alla prendre une douche.

Jamais auparavant il n'avait douté des missions qui lui étaient confiées. Mais son instinct ne le laissait pas tranquille. Il essaya de se vider la tête, tandis que l'eau chaude l'aidait à se détendre. Quelques minutes plus tard, il coupa l'eau, pris sa serviette et sorti de ce qui était appelé salle de bain. Il consulta ses mails au cas où Mitch aurait des nouvelles informations. Sa messagerie était vide. Malgré qu'il se senti bien ainsi par cette chaleur, la décence le força à s'habiller. Il devait absolument trouver de la nourriture digne de ce nom. Mitch avait un peu trop forcé sur le choix de l'hôtel. C'était un vrai taudis.

Il descendit et en oublia la réceptionniste. En revanche, elle ne l'avait pas effacé de sa mémoire.

_Eh beau brun ! Ca te dirait qu'on dîne ensemble ce soir ?

_Désolé mais je préfère dîner seul.

Celle ci ne se découragea pas, au contraire elle fit le tour du comptoir et l'agrippa.

_Allez, juste un dîner et puis ça te permettra de mieux connaître la ville.

Jack reconsidéra la question. L'aide de cette femme ne lui permettrait-il pas de repérer les endroits les plus fréquentés par les dealers ?
Et puis, traîner dans les rues accompagné de cette femme, renforcerait encore plus son infiltration. Rien ne lui permet de croire qu'il ne croiserait aucun homme de Fineli.

_Ok. Mais qui va s'occuper de la réception ?

La jeune femme se mit à rire :

_Je ne vais pas travailler vingt quatre heures sur vingt quatre. J'ai terminé mon service depuis vingt minutes. J'espérais tout simplement que tu descende.

_Eh bien allons y.

La réceptionniste pris son sac et ils sortirent de l'hôtel. Très peu de personnes circulaient dans les rues. Tout le monde devait être chez eux à la recherche de la fraîcheur.

_Je m'appelle Lizzie. Qu'est ce qui t'amène ici ?

_Le boulot.

_Tu n'es pas très bavard. Qu'est ce qu'il y a ? Je ne te plais pas ?

_Je ne suis pas attiré par les fillettes. Pourquoi es-tu ici au lieu de faire des études ou encore habiter dans un quartier moins dangereux?

Il s'aperçut qu'il avait touché un point sensible. S'était-il trompé sur son sort ?

_Qu'est ce que ça peut te faire ? Ne me dis pas que tu es là pour vendre des bonbons. Je suis jeune mais pas idiote !

_Comme tu veux.

Ils s'arrêtèrent devant un fast-food, ce qui n'était pas vraiment au goût de Lizzie.

_Hum ! Pas très galant pour une soirée en tête à tête.

_Je m'en fiche. Je ne me souviens pas de t'avoir invitée, alors contente toi d'un hamburger.

Jack n'aimait pas parler ainsi aux femmes, mais Joe ne devait-il pas être un dealer qui collectionne les femmes ? Lizzie baissa la tête, l'avait-il blessé ? Il ne devait pas se laisser attendrir par une jeune inconnue. Mais il se faisait avoir à chaque fois. Il s'imaginait toujours que ces jeunes

31

femmes auraient pu être sa sœur. Ce maudit accident le poursuivra-t-il toute sa vie ?

"Jack mets toi dans le crâne que tu ne peux pas la faire revenir en les sauvant toutes !"

Le psychologue qu'il avait eu durant l'armée, lui avait prédit qu'il pourrait agir ainsi. Espérant ainsi se racheté de ne pas l'avoir sauvé. Pourquoi ne s'était-il pas penché sur elle pour la protéger ?

Jack s'aperçut que la vendeuse lui demandait ce qu'ils voulaient commander.

_Euh…Un hamburger avec des frites et un soda. Il s'adressa à Lizzie : que veux-tu ?

_La même chose s'il vous plait.

Lorsqu'ils furent servis, ils allèrent s'installer à une table.

_Alors dis moi ce que je dois savoir sur cette ville.

_Tout dépend pourquoi tu y es venu.

_Je te l'ai déjà dis, pour le boulot.

_C'est vague comme réponse. Tu pourrais faire n'importe quoi. Si je te raconte tous les secrets de San-Antonio, nous en aurons pour toute la nuit. Quoique, ça pourrait être intéressant.

_Oublie pourquoi je suis là. Parle moi plutôt de cette étiquette que porte cette ville. Y a-t il des dealers ?, élucida-t-il.

_Et c'est toi qui me parlais de quartier moins dangereux ?

Lizzie commença à lui rénumérer tous les coins de rue où il était sûr de trouver des *vendeurs*. Elle lui indiqua aussi les endroits où ils se cachaient au cas où les flics débarqueraient, mais d'après ce qu'elle lui expliquait c'était rare.

Au fur et à mesure de leur discussion, Jack se demandait comment Lizzie pouvait être au courant de tout se qui se passait dans le quartier.

_Comment sais tu tout cela ?

Elle parut surprise de sa question, mais pourquoi ?

_J'ai mes ressources... Bon il faut que j'y aille, il est tard et demain je reprends le service à l'aube. A demain beau gosse.

Et elle s'en alla. Jack se demanda si tous les citoyens de San-Antonio étaient énigmatiques.

Il sorti du fast-food et pris le chemin de l'hôtel. Bien qu'il soit vingt trois heures, la nuit n'était pas encore totalement installée et la chaleur s'estompait peu à peu.

Arrivé devant l'entrée du bâtiment, il distingua un véhicule qui ne lui était pas inconnu. Il s'y approcha avec un peu de méfiance. Mieux valait prendre ses précautions.

Au lieu de franchir la porte il continua donc son chemin afin de passer devant le bâtiment. Il regarda du coin de l'œil l'intérieur du véhicule et distingua deux individus qui essayaient de se cacher. Nom de nom ! Ces deux types étaient les deux hommes de Fineli : Alberto et Carlos.

Il donna un coup sur la vitre, les surprenant. Ils se redressèrent les mains sur leur arme.

_Que faites vous là ?

_Dio mio Zueni ! Tu veux mourir jeune ? cria Alberto.

_C'est la cadet de mes soucis. Pour la deuxième fois, que faites vous ici à m'espionner ?

_On devait assurer nos arrière mon p'tit. C'est la procédure. On ne peut faire confiance qu'à soi même.

_Ok, mais la prochaine fois évitez de vous garer juste à coté de l'entrée. Au moins vous serez moins repéré.

La Mercedes était stationnée à dix mètres de l'entrée. Il est vrai qu'en temps normal, peu de personne aurait fait attention aux voitures présentent sur son chemin. Mais dans le métier, certains gestes de défense deviennent des réflexes. Surtout chez Jack.

_Pour t'informer il est rare que nous soyons repéré. Cela prouve ton professionnalisme.

_Nous t'avions donné rendez vous demain matin. Il y a un léger changement. Le patron veut t'engager et s'entretenir avec toi, enchérit Carlos.

_Pourquoi aussi vite ? Est il en manque d'homme ?

_Non, ton passé lui plait tout simplement, répondit Alberto.

_Mon passé ?

_Oui cet après midi, on a fait quelque recherche sur toi. On veut savoir à qui on s'adresse. Et le patron a apprécié l'échec des flics pour te mettre en prison.

Affirmant ainsi ce que lui avait dit Mitch par mail, Jack avait donc la preuve que la mafia consultait les archives de la police.

_Très bien, je serais là comme prévu. A demain.

Sans leur laisser le temps de répondre, il fit demi tour et reprit le chemin de l'hôtel. Arrivé dans sa chambre, il

pris immédiatement son ordinateur et envoya un mail à
Mitch :

*J'ai la preuve que la mafia consulte les archives et les
casiers judiciaire de la police. Les deux types qui m'ont
permis d'accélérer l'infiltration, me l'ont confirmé. Joe
n'est donc plus méconnu à Fineli. Il a l'intention de
m'engager parmi ses hommes. J'ai un petit problème
avec la réceptionniste de l'hôtel, elle est assez
mystérieuse et à très envie de m'informer de beaucoup
de chose. Elle s'appellerait Lizzie. Y es tu pour quelque
chose ? Pour l'instant je vais m'en méfier. Elle pourrait
très bien faire parti du gang de Fineli.*
*A propos de Cassy, fais lui un peu plus confiance. C'est
un très bon élément.*
Je t'informera du nouveau le plus tôt possible. J.

Encore une soirée qu'elle se serait bien passée. Cassy
venait de se réveillée mais se trouvait bien fatiguée, ce
qui était tout à fait normal après une soirée aussi
mouvementé. Cassy avait été départagé entre la crainte et
le dégoût. Comment pouvait on désirer un homme aussi
inhumain ? Mais l'arrivé de Jack la rendait furieuse. Elle
n'avait pas besoin de lui. Depuis le début qu'ils
travaillaient ensemble, jamais il n'avait échoué. S'il lui
prenait sa mission, jamais elle ne pourra prouver à Mitch
qu'elle n'est la petite fille qu'il a connu jadis.

Il faudra qu'elle trouve un moyen de le prendre à
l'écart pour le convaincre qu'elle pouvait terminer seule
cette maudite mission.

35

Elle regarda la pendule accroché à coté de la porte, neuf heures. Qu'est ce qui lui avait pris de dormir aussi tard, en temps normal elle était debout depuis deux heures, pouvant ainsi avancer son enquête.

Elle bondit du lit, alla prendre sa douche en un temps record. Elle s'habilla et franchit la porte de sa chambre. Passant devant le bureau de Giovanni, elle entendit des voix. Il était rare qu'il prenne des réunions dès le matin, il préférait réserver le matin aux contrôles de la sécurité et des marchandises.

Au moment où elle se recula la porte s'ouvrit laissant le passage à Giovanni. Celui-ci parut soulagé et content de lui. Que lui arrivait il ?

Lorsqu'il la vit, il lui sourit, ouvrit les bras et s'exclama :

_Fiona chérie ! Tu es là. Où t'étais tu caché ?

_J'ai eu une panne d'oreiller, dit elle en riant. J'espérais que tu vienne me réveillé, ajouta-t-elle prise par l'inspiration.

Fineli paru ravi de sa réponse. Il l'enlaça espérant lui donner un baiser, mais Cassy s'esquiva. Elle cru apercevoir une silhouette familière derrière le mafieux.

Ne s'offusquant pas Giovanni reprit :

_Fiona pendant que nous y sommes, je te présente un nouveau membre je l'espère, de la famille Fineli.

Il se retourna laissant Cassy découvrir le nouveau venu. Elle en eu le souffle coupée, car l'homme qui se trouvait face à elle était Jack. N'étant pas préparée à le découvrir aussi vite, elle resta sans voix. On ne pouvait pas dire qu'il perdait du temps.

36

Ayant compris sa surprise, Jack pris le dessus afin de rompre le silence :

_Vous seriez vous épris d'une muette Monsieur Fineli ? dit il en riant.

_Non ! Fiona chérie, tout va bien ?

_Oui. C'est la première fois que tu me présente un nouvel élément depuis que je suis ici. Ce n'est pas dans mes habitudes, répondit-elle en riant.

Giovanni se contenta de cette réponse :

_Voici Joe Zueni. L'homme que tu as aperçu hier sur l'écran.

Cette fois c'est Jack qui fut surpris, mais n'en laissât rien apparaître.

_Zueni voici Fiona ma future épouse.

_Votre futur épouse ? Jack n'eut pas le temps de retenir ces mots.

_Oui, enfin lorsqu'elle voudra bien accepter.

Prenant Cassy à part il repris :

_Fiona chérie, je suis désolé mais je dois me rendre compte par moi-même des compétences de Joe. Je ne pourrais déjeuner avec toi ce midi. Mais on se voit ce soir, d'accord ?

_Comme tu voudras mon amour. A ce soir alors.

A ces mots Giovanni voulu l'embrasser, mais de nouveau elle s'esquiva. Ce qui l'irrita.

_Voilà deux fois que tu refuses de m'embrasser en à peine vingt quatre heures. Est-ce à cause de ton excuse de la veille ?

Prenant l'attitude d'une femme énamourée, elle lui chuchota à l'oreille :

_L'attente ne fait qu'augmenter le plaisir mon amour. Patience…

Elle lui donna un baiser sur la joue et se recula. Jetant un œil par-dessus son épaule, elle vit sur le visage de Jack l'expression de stupeur. Rien d'étonnant, vu de l'extérieur Giovanni et Fiona étaient un véritable couple. Se pouvait il que Jack l'a croit amoureuse de cette ordure ?

Ils la saluèrent et s'éloignèrent. Cassy se mit à réfléchir. Dans un sens grâce à la présence de Jack, aujourd'hui elle pouvait organiser l'évasion de Cara. Elle se dirigea vers la chambre de la jeune femme. Elle pourrait sûrement lui apprendre le rendement de la sécurité. Dans tous les cas, elle se donnait deux jours, sinon Jack trouvera bien avant elle la solution pour terminer cette mission. Surtout qu'il est devenu l'un des hommes de Fineli, un point fort pour s'échapper.

Chapitre III

Jack n'en revenait pas. Serait-ce la raison pour laquelle Cassy n'était toujours pas revenu de sa mission, et surtout qu'elle ne donnait plus de nouvel ?

Tomber amoureuse et se marier avec Fineli n'est pas une très bonne idée. Comment a-t-elle pu passer du rôle de femme de chambre à celui de future femme de Fineli. Il est vrai que Cassy était belle, mais de là à émoustiller le patron de la mafia. Mais ce qui préoccupait le plus Jack, était que Cassy ait décidé de partager sa vie avec Fineli.

Il devait absolument s'entretenir avec elle au plus vite. Il fallait qu'il sache se qui se passait.

Les ordres que lançait Fineli à ses hommes le sorti de ses réflexions.

_Joe. Tu vas nous montrer ce que tu sais faire avec une arme à feu. Tu as ici une mise en scène du même type qu'en formation de police. Il vaut mieux être aussi fort qu'eux et même plus pour ne pas se faire prendre.

_Je n'ai jamais fait ce parcours et la police ne m'a pas mis dans leur cage jusqu'à aujourd'hui.

_Peut être mais faire parti de la mafia est un preuve suffisante aux flics pour nous coffrer.

_Hum ! Alors je commence quand ?

_T'es tu déjà servit d'une arme ?

_Comme Alberto et Carlos on pu m'informer vous avez fait des recherche sur mon passé, donc vous devez savoir que j'ai fait parti des forces spécial. Pas besoin de vous faire un dessin sur ce que je peux savoir faire.

_Oui, un jour il faudra que je pense à leur faire couper la langue. Ils parlent trop. D'ailleurs pourquoi as-tu quitté ce boulot ? Et surtout pour tourner dans les trafics par la suite.

_Je n'aime pas qu'on me donne des ordres. Mon supérieur m'avait donné l'ordre de tuer des innocents. Il m'a mis trop de pression et j'en avais marre qu'il me gueule à l'oreille. C'était une vraie ordure ce mec. Au lieu de les tuer, je l'ai buté. Résultat du compte on m'a viré et interdit d'exercer toute sorte de métier qui touchait à l'armée. J'ai réussi à m'échapper du trou. Mais à cours d'argent, j'ai fait appel à une connaissance qui m'a proposé ce job. Et voilà où j'en suis aujourd'hui.

_Ton histoire tient debout. T'es un peu barjot quand même. Mais tant pis pour eux et tant mieux pour moi, dit Fineli en riant.

Il lui donna une tape sur l'épaule comme s'ils étaient de vieux amis. Jack dû se maîtriser très rapidement avant de faire le moindre geste. Son rêve le plus fou en cet instant aurait été de démolir le portrait de ce type.

40

Pendant la fin de la matinée il dû donc démontrer ses talents de tire.

Durant son service chez les forces spéciales, il s'était spécialisé dans l'armement et était devenu le meilleur tireur. Après tant d'années dans l'armée, se serait une honte pour son instructeur si aujourd'hui il manquait le moindre tire.

Un jour, il avait réussi à atteindre une cible qui se protégeait d'un otage, à une distance de deux cent mètres.

_Excellent ! Je n'ai jamais vu quelqu'un tirer comme ça, s'exclama Giovanni. J'espère qu'ils se sont rendus compte de leur erreur en te licenciant.

_Ce n'est plus mon problème aujourd'hui.

Il déchargea et posa l'arme sur le support du stand de tire situé dans le sous sol du manoir.

_C'est parfait tu sais toujours manier une arme. On croirait que tu le fais encore aujourd'hui.

_Il m'arrive encore de me servir d'une arme de temps en temps. Il faut toujours surveiller ses arrières. Etre trafiquant na fait qu'augmenter les risques.

_Bene ! Bene ! Que dirais tu maintenant de goûter les meilleures pizzas de ce pays ? Je te présenterais au reste de la famille cet après midi.

Ils sortirent du stand et se rendirent au salon où ils prirent leur déjeuner. Dans l'après midi Jack fit la connaissance du reste des hommes de Fineli. Au total on comptait dix membres du gang et cinq hommes de la sécurité.

Jack commençait à se demander si Mitch n'avait pas tord. Trois mois ? Cassy aurait dû avoir terminer sa mission en un mois. Largement. Qu'est ce qui lui prenait ?

Jack profita de la visite des coins réservé aux membres dans le manoir, afin d'établir un moyen de sortir d'ici. Il faudra ensuite qu'il découvre où se cache la fille Fineli.

_Merci Cara, j'espère que vous me faites confiance. Grâce à votre aide je vais pouvoir vous faire sortir d'ici.

_J'ai appris que mon père a encore engagé un nouveau. Plus le groupe s'agrandit moins je ne connaîtrais leurs habitudes

_Ne vous inquiétez pas je me débrouillerais.

_Ah oui et comment ? Vous pensez le séduire comme mon père ?

_Non, je n'aurais pas besoin de recourir à ce jeu stupide, répondit-elle excédée.

_Alors comment allez vous faire ?

Cassy en avait assez que tout le monde ne la prenne pas au sérieux. Elle soupira pour reprendre contenance, et répondit :

_Ne vous préoccupez pas de cela c'est de mon ressort. Pensez plutôt au procès qui arrivera assez vite après la fin de cette mission.

Sur ces mots elle quitta la chambre de Cara. Il était bientôt l'heure du dîner. Cassy avait passé toute son après midi avec Cara. Une après midi qui lui avait permis de rattraper les trois mois de perdu.

Elle se rendit donc dans le salon. Elle prit un peu de courage comme à chaque fois qu'elle devait partager un repas avec Fineli. Mais maintenant que la fin de la mission approchait, elle ne chercha pas le courage, il vint de lui-même ?

Franchissant la porte elle le découvrit assis à table sirotant son verre de whisky. Au son des pas qui approchait, Fineli se leva allant à sa rencontre.

_Fiona chérie, je t'ai cherché partout. Où étais-tu ?

_J'étais avec Cara. J'aime beaucoup ta fille, et je crois bien l'avoir persuader de ne pas témoigner.

_*Fantastico* ! Tu es formidable. Mais je trouve que tu passes quand même trop de temps avec elle.

_Peut être mais ça paye. La preuve, elle ne va peut être plus témoigner.

_Peut être justement.

_Ne t'inquiète pas mon amour. Elle n'ira pas au procès.

N'étant pas très convaincu, il préféra ne pas s'étendre sur ce sujet. Lui tirant une chaise, il l'aida à s'installer à table. Lui-même reprit sa place.

_Veux tu un apéritif ?

_ Non ça ira, merci.

_Tu sais, le nouveau me plait beaucoup. Je crois même que c'est le meilleur homme que je n'ai jamais eu.
Cassy sourit intérieurement. Rien ne lui étonnait. Jack était LE meilleur. Depuis qu'ils se connaissaient, Cassy ne lui trouvait pas d'égal dans chaque homme qu'elle avait pu rencontrer. D'ailleurs Jack a toujours été là pour la protéger. Pas une seule fois il ne l'avait sous-estimé comme Mitch. Au contraire, il lui faisait confiance et la laissait prendre des initiatives seules. Mais aujourd'hui il l'a décevait. Commençait-il à perdre foi en elle ?

_Fiona ? Tu ne m'écoutes plus. Où étais-tu partie ?

43

Désarçonnée, Cassy se retrouva sans voix. Depuis combien de temps était-elle perdue dans ses pensées ?

_Désolé je me fais un peu de soucis.

_Quel genre de soucis ?

_Euh… Je…Ton travail est dangereux voilà tout.

Cassy ne su d'où venait son inspiration. Dorénavant elle ne devrait faire plus attention car dans quelques heurs elle ne serait plus là. Son acte aurait pu être fatal à sa mission.

_Ne t'inquiète pas pour moi. Mais es-tu sûr que tout va bien ? Tu es bien différente ce soir.

_Bien sûr que je suis différente, plus les jours passent et plus je me rends compte du danger que tu encours.

La Cassy, la plus professionnel qui soit reprenait le dessus lui sauvant la mise.

_Tout ira bien je t'assure. Je crains moins la mort que mes hommes. Depuis quelque temps je délègue un peu. Il se trouve que je me fais de plus en plus vieux. Tu m'imagine à quatre vingt dix ans avec une arme et dire : "*dis moi où est ton patron, il me doit du pognon !*".

Malgré la situation, Cassy se mit à rire.

_Tant mieux alors.

Oui, ainsi on n'aura plus besoin de risquer nos vies pour une vermine de ton genre, pensa-t-elle.

_Il se trouve que le passé de Joe me met très en confiance.

Cassy se demanda quelle imagination à encore eut recourt Mitch. Depuis la création de l'agence, Mitch s'était révélé être un scénariste époustouflant. Si un jour il pensait arrêter ses fonctions, il pourrait très bien se retrancher dans l'écriture.

_Ah oui ? Et quel est son passé ?

_Je te trouve bien curieuse. Tu ne t'intéresses pas autant d'habitude.

_Tu ne me présente pas tes nouvelles recrues d'habitude.

_En effet, mais tu étais dans le coin à ce moment là. Et puis il faudra bien à un moment ou un autre, que tu apprenne les secrets des affaires Fineli.

_Je préfèrerais rester éloignée. Tu peux toujours m'expliquer comment ça fonctionne, mais toutes ces tueries ne sont pas trop dans mes critères.

Giovanni Fineli se mit à rire.

_Rassure toi Fiona, mes affaires ne sont pas recouverts de sang. C'est vrai que parfois on doit faire se qu'on appel un nettoyage. Quand des hommes deviennent menaçant, il vaut mieux prévenir ses arrières, tu ne crois pas ?

_Il doit bien exister d'autre moyen de prévenir ses arrières, comme tu dis.

_Tu sais la mafia fait pratiquement autant de mort que la police. Peut être pas pour les mêmes raisons mais c'est un fait. Par exemple, Joe. Il y a quelque temps il appartenait au force spéciale, il a dû sûrement tuer un bon nombre d'hommes et pourtant on ne le juge pas. Toi tu ne l'auras sûrement pas jugé. Tout ça parce que l'on a collé une étiquette pour chaque rang de ce système.

_Tu as peut être raison. C'est vrai que dans le cas contraire, ce n'est pas toi que l'on blâmerait.

Ils furent interrompus par la cuisinière qui leur apporta le dîner. Lorsqu'elle referma la porte de la salle à manger. Ils commencèrent à déguster leurs plats. Il dînèrent tous deux dans le silence. Seul une faible mélodie régnait dans la pièce. Lorsqu'ils terminèrent leur café, Cassy demanda :

_Pour en revenir à ton Joe, les forces spéciales est donc un point fort pour tes affaires ?

_Oui *mi amore*. Bon il se fait tard, allons nous coucher.

Cassy se demanda pourquoi il changeait de sujet brusquement.

_Ah mon tendre amour, vivement que l'on soit marié pour que je puisse enfin partager ton lit. Je ne comprends toujours pas. Puisque nous allons nous marier rien ne t'empêche de faire l'amour avec moi.

_Quand je ferais l'amour ce sera avec mon mari, mon amour.

_Bien. Je vois que je n'arriverais pas à te faire changer d'avis. Bonne nuit

Sur ces mots il lui donna un baiser sur le front, et s'en alla se coucher.

Sa chambre était la plus éloignée de Giovanni. C'est lui-même qui avait insisté car il avait peur de succomber à la tentation. Sans qu'il le sache cette attention permettait à Cassy de travailler sur sa mission sans être interrompu, ou encore être surprise la main dans le sac. Perdu dans l'analyse de son plan de sortie, elle n'entendit pas du premier coup les bruits dans le couloir. Mais cette fois-ci, le craquement du parquet provoqué par des pas, la mit sur la défensive. Elle regarda la pendule : minuit.

Qui pouvait bien se promener dans les couloirs à cette heure de la nuit ?

Elle rangea à toute vitesse ses papiers et pris son arme qu'elle cachait avec les papiers. Elle s'approcha de la porte. Les pas approchaient également. Collant le dos à la porte elle attendit. Et si c'était Fineli qui n'en pouvait plus d'attendre, et était venu réclamer son du ?
Non ! Il ne prendrait pas autant de temps à franchir la distance qui les séparait. Ces pas là étaient de ceux qui ne voulaient faire aucun bruit.

Les craquements s'arrêtèrent. L'individu tourna sa poignée, ouvrant ainsi la porte de sa chambre. Tout se passa en vitesse. Elle attrapa le bras de l'inconnu, et essaya de le plaquer contre le mur. Mais celui-ci, comme s'il connaissait ses tactiques, la pris de court et la plaqua elle-même contre le mur à coté de la porte. L'inconnu lui maintenant les mains plaquées au dessus de sa tête. Ne pouvant plus bouger, elle prit conscience du frisson que pouvait lui provoquer la présence d'un seul homme. Elle leva les yeux sur le visage de son adversaire, et savait déjà de qui il s'agissait.

_Jack ! dit-elle dans un souffle.

Etant rassuré celui-ci referma la porte.

_Tu manque d'entraînement à force d'être enfermé ici. Auparavant je ressentais un peu de résistance mais là…

_Bonsoir. Oui je vais bien, merci de t'en inquiéter. Franchement c'est seulement pour me rabaisser que tu es venu me voir ? D'ailleurs qu'est ce que tu fais ici ?

_C'est Mitch qui m'envoie. Il pense que tu n'arriveras pas à terminer cette mission seule…

Cassy l'interrompit d'un geste de la main.

_Non. Ca je m'en suis doutée, il n'a aucune confiance en moi. Comme toujours. Ce que je veux savoir, c'est comment se fait-il que tu sois ici maintenant, à cette heure. Ne devrais-tu pas être à ton hôtel ?

_Tu m'as bien vu ce matin, non ? Giovanni m'a engagé. Tous les membres du gang habitent dans le manoir. Ne le saviez vous pas *madame Fineli* ?

Le prenant par la main, elle l'emmena dans la salle de bain adjacente à sa chambre et ouvrit le robinet de la douche.

_Ici on risque moins de nous entendre. J'ignore ce que Fineli a en tête. J'ai cru que c'était lui, jusqu'à ce que je me rende compte que les pas étaient suspects.

_Suspects ? Merci. Bon qu'est ce que c'est que cette histoire de mariage ?

Cassy soupira et alla s'asseoir au bord de la baignoire.

_La seule personne qui pouvait rendre visite à Cara était son père. Même en étant femme de chambre, je ne pouvais pas l'atteindre. Quand je devais m'occuper de sa chambre, on faisait en sorte qu'elle ne soit pas là. Elle n'a plus aucun contacte avec le personnel de cette maison. J'ai donc commencé par charmer Fineli. Je pensais qu'ainsi il aurait plus confiance en moi, qu'il me laisserait l'approcher. Mais le piège s'est renfermé sur moi…

_…et il a voulut aller plus loin, finit-il. Tu t'es foutu dans une sacrée merde. Le jour où il saura que tu n'es pas Fiona et que tu t'es moqué de lui…

_...il sera en taule ! Bon pour ce qui en est du mariage, c'est la seule façon de l'empêcher d'atterrir dans mon lit.
Jack se mit à rire.

_Tu ne recourais pas au mariage pour repousser tes prétendants, à mon souvenir.

_Peut être mais mes prétendants, comme tu dis n'étaient pas le parrain de la mafia.

Le silence s'installa entre eux. Cassy cru apercevoir de l'inquiétude dans le regard de Jack. Etait-ce son imagination qui lui jouait des tours ?

_Qu'est ce qui se passe ?

_Rien, pourquoi ?

_Me ne prend pas pour une idiote. Tu as le même regard que Mitch. Toi aussi tu pense que je ne vais pas réussir à terminer cette mission, n'est ce pas ?

Jack se rapprocha de Cassy et lui caressa la joue du dos de la main.

_Non, j'ai confiance en toi. Je sais que tu en es capable, tu as résolu des missions beaucoup plus difficiles, en moins de temps. C'est justement pour ça que je suis venu. Pas pour terminer ta mission, mais comprendre pourquoi tu mets autant de temps pour la clore.

Cassy fut troublée par cette démonstration de tendresse. Contrairement à Jack, elle ne le considérait pas comme son grand frère. Le jour du vingt-deuxième anniversaire de Mitch, Jack avait été invité. Elle venait tout juste d'avoir dix-sept ans. Dès le premier regard, elle su ce que signifiait le coup de foudre.

En dix ans cet amour s'est renforcé, lui rendant ainsi de plus en plus difficile pour Cassy de rencontrer Jack, ou encore lorsqu'il la touchait, comme en cet instant, sans rien montrer de son émoi.

_Je…Je…J'ai trouvé comment sortir d'ici, et normalement ce sera pour demain soir, balbutia-t-elle.

Cassy se maudit intérieurement, à vingt sept ans elle réagissait comme une adolescente face à son premier émoi. Elle recula d'un pas.

_Tu es sûr que tout va bien ?

_Oui.

_Bien, alors dis moi comment compte- tu faire sortir la fille Fineli d'ici ?

_Cara m'a détaillé de roulement de la sécurité. C'est un système en domino. A partir de vingt deux heures trente, toutes les dix minutes un homme est remplacé. Donc en moins d'une heure, nous devrons être loin, quand ils auront terminés. Ca commence par la chambre de Fineli. Celle de Cara se fait aux environs de vingt trois heures. C'est à ce moment là que va commencer l'évasion.

_Hum. Et comment compte tu traverser le manoir sans qu'on ne t'aperçoit ?

_Ca c'est le problème. Je pensais passer par le sous sol. La porte qui en donne l'accès, est au bout du couloir. Je peux y accéder sans qu'on ne m'y voit avec Cara. Là bas il y a un passage qui nous mène au puits. Ce serait l'idéal car il est juste à coté de la grille.

_Quel est le problème alors ?

_Cara ne connaît pas les nouveaux hommes qui y sont. Donc elle ne connaît pas non plus le nouveau roulement du sous sol. Fineli change toujours les tactiques à chaque fois qu'un homme s'en va.

50

_Allez, j'attends, dit-il en riant.

_Et bien tu tombes à pic ! Ca te va ? J'ai besoin de ton aide.

_Cassy ! Si j'étais à ta place, j'aurais aussi demandé ton aide.

_Toi ? Tu n'as jamais besoin de personne. Bon il faut que tu partes maintenant. Tu es dans ma chambre depuis trop de temps.

_Oh oh ! Dois je m'attendre à connaître la torture pour mettre immiscé dans la chambre de la futur madame Fineli, en pleine nuit ?

_Bon ! J'espère que personne ne t'apercevra.

Elle ferma le robinet et le poussa pour le faire sortir de la salle de bain.

_S'il y a le moindre problème, préviens moi.

_Plutôt mourir. Je dois prouver à mon frère que je peux me débrouiller, seule.

Il soupira.

_Cassy ce n'est pas un jeu ! Il lui lança un dernier regard, et quitta la chambre sans faire de bruit.

Cassy se laissa tomber sur le lit. Elle devait prendre une décision sur son avenir. Elle ne pouvait pas continuer de travailler avec Jack.

Après cette mission elle déposera sa lettre de démission sur le bureau de Mitch. Elle sera débarrassée du manque de confiance de son frère, mais surtout de ses sentiments qu'elle éprouve pour Jack en secret.

Jack avait un mauvais pressentiment. Il fallait que cette mission soit réussie sinon Cassy serait en danger.

Pourquoi a-t-elle eu cette idée stupide ? Il ne fallait pas que Mitch soit mis au courant sinon il lui arrachera ses yeux.

Un bruit le fit revenir à la réalité. Quelqu'un était dans le couloir, et le bruits de pas approchait. Trouvant un petit renfoncement, il s'y cacha. C'était le garde de nuit, il veillait à ce que tous les agents soient à leur poste. Un point que Cassy ne lui avait pas mentionné. Etait-elle au courant de cette ronde, juste après le roulement ?

Dès qu'il passa, Jack sorti de sa cachette sans faire de bruit, et rejoignit sa chambre. Il devait bien avouer que cette mission était peut être simple en apparence, mais en revanche, elle cachait beaucoup trop de détails qui pouvaient être fatales.

Demain Cassy devra être très vigilante. De toute façon Jack veillera sur ses arrières. Il ne supporterait pas qu'il lui arrive quoi que se soit. Cassy était sa deuxième chance de se racheter. Il devait mieux la protéger que sa sœur.

Tout à coup il ressenti une boule se loger à son ventre. Jamais il n'avait eu peur de sa vie, pourquoi était-il alors aussi angoissé ? Il refoula ses sentiments et se coucha. Demain sera une journée très très longue, si Cassy comptait partir sans plus attendre.

Alors Jack qu'est ce que ça donne ? Ne commence pas à faire comme ma sœur, je veux des détails. Tu l'as

aperçu ? J'espère que la mission avance. Paul Jenkins,
l'agent de la CIA m'a contacté. Il veut s'assurer que
l'enquête se déroule correctement, et savoir quand vous
déciderez de ramener la fille Fineli. Ils veulent se
charger de sa protection jusqu'à la fin du procès.[...]
Tiens moi au courant et ne reste pas muet ! Mitch.

La technologie faisait vraiment des progrès. Différents
gadgets sont fabriqués pour la société : des montres laser,
des stylos qui piratent les ordinateurs et pleins d'autres
encore. Ce qui amusait beaucoup Jack, on se croirait dans
un film de James Bond.

Sachant que Jack n'aurait pu pénétrer le manoir avec
un ordinateur, un portable ou tout autre objet personnel,
Mitch lui a fournit une puce. On pouvait la confondre
avec une pastille de chewing-gum, grâce à sa forme.
Ainsi avec le téléphone portable fournit par Fineli, il
pouvait envoyer des mails sans qu'il y ait des traces.

Tout va bien. Je fais parti des hommes de Fineli depuis
hier. J'ai vu Cassy et elle va bien. L'enquête n'est pas
aussi simple qu'on ne l'imagine. Pour approcher la fille
Fineli, elle a du trouver une diversion. Mais elle a prévu
de partir ce soir. Tu peux prévenir la CIA que dès l'aube
ils devront se charger d'elle. Quand à moi je crois que je
vais rester jusqu'à qu'elle soit bien partie d'ici. Je
veillerais à ce que l'enquête soit bien close. J.

Espérons que tout fonctionnera comme prévu. Jack
regarda sa montre, huit heures déjà. Il devait rejoindre le

53

groupe tout de suite s'il ne voulait pas provoquer du grabuge.

Alors qu'il descendait les marches pour se rendre dans le bureau de Fineli, le lieu de rassemblement, il entendit des éclats de voix. Sur ses gardes, il s'approcha du salon.

Fineli et Cassy étaient seul. Celui-ci tenait Cassy par les poignées, il était dans une rage folle. Sans réfléchir, il fit son entré. Cassy l'aperçu en premier. Dans son regard il distinguait de la terreur. Mais que se passait-il ? L'aurait-elle provoqué ? Giovanni se retourna et se renfrogna.

_Qu'est ce que tu veux Joe ? Tu ne devrais pas être dans mon bureau avec les autres ?

_Désolé patron. J'ai entendu des hurlements, j'ai cru qu'il y avait un problème.

_En effet, il y a un problème mais d'ordre privé. Tiens, pendant que tu es là, rends-toi utile. Aurais tu vu quelqu'un errer dans les couloirs cette nuit ?

_Non, J'aurais du ?

_Peut être. Un de mes hommes a aperçu un individu sortir de la chambre de Fiona cette nuit. Seulement elle ne veut rien me dire.

_Tout simplement parce que je n'ai rien à te dire, énonça-t-elle tout en essayant de se dégager.

Hors de lui, il l'a gifla. Sous le choc elle s'écroula au sol.

Jack n'eut pas le temps de réagir, il ne s'attendait certainement pas qu'il devienne violent envers Cassy. Jack sentie la rage le gagner. Il ne supportait pas qu'on lève la main à Cassy. La dernière fois qu'un homme a été violent avec elle, il s'était retrouvé avec une main en moins. Au moins il ne pourra plus frapper une autre femme.

_Patron. Essayez de vous calmer. Cela doit être un mal entendu.

_Insinue-tu que tes collègues me mentiraient ?

_Non certainement pas. Mais peut être que par la fatigue, il aurait tout simplement aperçu une ombre provoquée par les flammes des bougeoirs. Pourquoi votre future femme vous serait infidèle ? Surtout avec vous monsieur.

Cassy releva la tête vers lui. Ses yeux étaient rougis, mais beaucoup moins rouge que sa joue. Jack dû se contrôler à plusieurs reprises.

_Je fais ce que bon me semble. Je n'ai pas de conseil à recevoir de toi. Fais attention si tu veux rester avec nous !

Il refit face à Cassy et ajouta :

_Quand à toi, tu as intérêt que ce soit un mal entendu.

Il sortit de la pièce, allant probablement à son bureau. Se retrouvant seul, il se précipita vers Cassy.

_Ca va ?

_Quel enfoiré ! Il va me le payer.

Jack aida Cassy à se relever. Se joue avait enflé et commençait à violacer.

_Mitch va être heureux, dit il pour lui-même.

_Vous devez aller au rassemblement Joe. Vous risquez votre place en restant ici.

_Vous êtes sûr que tout ira bien mademoiselle ?

Cassy voyait de l'inquiétude dans son regard. Elle donna un coup discret sur le torse de Jack. Avec conviction, elle répondit :

_J'ai connu pire.

Jack se reteint de la prendre dans ses bras. Il acquiesça de la tête et alla rejoindre Giovanni. Il espéra que cette altercation n'interférera pas sur le plan de ce soir.

Arrivé au bureau, il s'immisça entre ses pseudo collègues afin de prendre note les instructions données par Fineli.

Mais il eut du mal à se concentrer sur ce qu'il disait. La scène qui avait eu lieu quelques minutes plus tôt, le taraudait. Sera-t-il calmé d'ici ce soir, et laissera-t-il Cassy tranquille cette nuit ?

Il n'avait pas été assez prudent hier soir, il aurait du faire plus attention. Sans lui, elle n'aurait peut être pas connu une telle violence. Même pas du tout, reconnu-t-il. A chaque fois qu'il les voyait ensemble, on aurait cru qu'ils formaient vraiment un couple. Le genre de couple où aucun nuage ne les surplombait. Et dire que Mitch la croyait incapable de gérer une mission. Au contraire c'est lui qui détruisait tout son travail.

Il se rendit compte que la réunion était terminée lorsque ses collègues sortirent du bureau. Fineli l'interpella alors qu'il prenait aussi la sortie.

_J'aimerais m'entretenir un moment avec toi Joe.

_Il y a un problème patron ?

_C'est à propos de ce qui s'est passé tout à l'heure. J'aimerais que tu saches qu'il n'est pas dans mes habitudes de frapper une femme.

_Cela ne me regarde pas, faites ce que bon vous semble.

_Hum. J'aimerais que tu la surveille dorénavant. C'est vrai que les gars sont un peu nerveux en ce moment à cause de Carlos. Cail aurait pu se tromper, surtout qu'il n'a croisé personne pendant qu'il a fait sa ronde.

C'était donc Cail qu'il avait vu la veille. Il devra donc lui parler tout à l'heure.

_Ce soir je prendrais la relève. On verra bien si elle accueil son amant en pleine nuit ou non. Et dire qu'elle me fait croire qu'elle veut attendre le mariage…

Fineli se mit à ricaner. Un ricanement inquiétant. Si ce soir il l'a surveillerait, et de très prêt d'après son sous entendu, comment Cassy se débrouillera-t-elle pour faire sortir la jeune femme ?

Il fallait qu'il trouve rapidement une solution.

Comment ? Il ne le savait pas encore, mais il fallait qu'il empêche Fineli de surveiller Cassy ce soir.

_Très bien. Que dois je faire exactement ? La suivre comme son ombre, ou de loin ?

_Comme son ombre. Si elle sort tu l'escortera, en revanche si elle reste au manoir, tu fais juste attention avec qui elle est.

_Bien patron.

_Tu peux disposer. Et reste discret sur ce qui s'est passé s'il te plait.

En temps normal, je t'aurais déjà détruit le portrait sale type, se dit-il en quittant le bureau.

Maintenant, il ne restait plus qu'à rejoindre Cassy et de la prévenir du petit contre temps. Il parti à sa recherche.

57

Il prit d'abord la direction du salon, personne.
Rebroussant chemin, il monta les marches de l'escalier et rencontra Alberto.

_Alberto ! Aurais-tu vu mademoiselle Dexter ? Le patron voudrait lui parler, bifurqua-t-il.

_Je l'ais croisé avant la réunion, elle se dirigeait vers sa chambre. Qu'est ce qui lui est arrivé, elle avait les larmes aux yeux ?

_Comment veux tu que je le sache ? Ce n'est pas ma femme.

_Ca va Joe ? Tu t'es levé du pied gauche ou quoi ?

_Excuse moi. C'est juste que j'ai l'impression d'être la nounou de service. A plus tard.

_Joe ! Tu dois la surveiller c'est ça ?

_C'est son habitude ?

_Non, mais tout le monde est au courant de ce que lui a rapporté Cail. Si le patron veut que tu l'a surveille, c'est parce qu'il a confiance en toi. C'est bizarre parce qu'il ne te connaît que depuis deux jours, mais tu peux dire merci à ton passé.

_Merci Alberto.

Comment des pourritures pouvait avoir une morale ? Peut être que certain n'avait pas d'autre choix que d'appartenir à la mafia.

Il s'approcha de la chambre qu'il avait eu la mauvaise idée de s'y introduire la veille. Il toqua à la porte. Celle-ci s'ouvrit à la volé. Jack comprit que Cassy n'avait pas encore digéré la gifle.

Surprise de le trouver devant elle, elle resta sans voix. Jack interrompit le silence.

58

_Mademoiselle Dexter, monsieur Fineli m'a chargé de vous escorter en cas de sortie. Donc en cas de besoin, adressez vous à moi.

_Qu'est ce que c'est que cette histoire ?

_Je suis désolé, mais c'est de ma faute si tu échoue chuchota-t-il. Je n'aurais pas dû venir te voir hier, c'était risqué. J'ai planté ta mission. Il te lâche plus.

_Je vais peut être avoir besoin de vous Joe. J'aimerais faire quelque course, on pourra discuter tranquillement, termina-t-elle en chuchotant.

_Très bien mademoiselle. Nous partons dès que vous serez prête.

_Laissez moi chercher mon sac.

Elle sourit, si Fineli savait… En tout cas ça tombait bien. Il fallait qu'ils revoient ensemble le plan de Cassy.

Chapitre IV

Installé au volent de la Mercedes de fonction, Jack prenait la direction du centre ville. Il n'avait pas desserré les dents depuis leur départ. Cassy le regarda. Il avait la mâchoire crispée, les muscles tendus et ses mains serraient le volant à l'en casser.

_Détends toi…

Il lui fit signe de se taire. La voiture était peut être sur écoute. Fineli n'était peut être pas perspicace, mais il était très fort pour espionner son entourage.

_Vous parlez toute seule mademoiselle ? Vous êtes sure que tout va bien ?

_Ce qui s'est passé ce matin, ne vous regarde nullement Joe. Contentez vous de faire votre travail. Je ne vous demande rien de plus. J'espère au moins que vous, vous n'ayez pas de problème de vu.

Elle lui fit un clin d'œil dans le rétroviseur interne. Elle le protégeait tout simplement. S'ils étaient sur écoute, Fineli ne pourra jamais se douter que c'était lui l'ombre de cette nuit. Sauf après leur départ bien entendu.

Ils arrivèrent dans le centre ville, où de nombreuses boutiques surplombaient l'avenue. Ici de grande personnalité venait faire des achats. Il était similaire aux grandes avenues de Paris, en miniature.

Jack gara le véhicule dans l'un des parkings. Une ballade et la visite de quelques boutiques, leur permettront de discuter en toute liberté.

Après avoir fermer la voiture, Jack entama la conversation.

_Je crois savoir ce que c'est maintenant d'être le boulet d'une mission.

_Arrête Jack ! C'est Mitch le véritable fautif dans cette histoire. S'il avait beaucoup plus confiance en moi, tu ne serais pas là et il n'y aurait jamais eu ce problème.

_Peut être mais j'aurais pu m'abstenir de te rejoindre hier. Fineli veut que je te surveille toute la journée, ce qui n'est pas un problème au contraire. Ce qui ne va pas par contre, c'est qu'il veut te surveiller ce soir.

Arrivant devant une poubelle, il donna un violent coup de pieds. Plusieurs personnes se tournèrent surpris par le bruit.

_Joe ! Qu'est ce qui vous prend ?

Cassy le pris par la main et l'entraîna dans un renfoncement entre deux magasins. Ils ne pouvaient risquer d'être surpris par l'un des mafieux, à tout hasard.

_Jack, il suffit de trouver un moyen de l'empêcher de me surveiller.

_Ah oui ! Et comment ? Tu vas l'épouser pendant que je fais sortir sa fille ?

_Jack, qu'est ce qui ne va pas ? Je ne t'ai jamais vu dans cet état. Même dans des situations les plus atroces tu gardais ton sang froid.

61

Plus Cassy le regardait et plus elle avait l'impression qu'il allait s'effondrer. Jack avait toujours caché son passé. Son frère non plus ne le connaissait pas. Pourtant tous les trois se faisait aveuglement confiance. Bien que Mitch se fasse beaucoup trop de soucis pour elle.

Mais elle savait que quelque chose l'avait affecté.

_Il t'as frappé poussin, et je ne pouvais rien faire. Je te jure que je l'aurais tué sur place si j'avais pu.

Il l'appelait toujours ainsi lorsqu'il voulait la taquiner, mais en ce moment s'il lui parlait ainsi, c'est parce qu'il s'en voulait atrocement.

_Oh tu sais, on en a vu pire. On m'a tiré dessus quatre fois, et ça fait beaucoup plus mal, dit-elle en riant. Elle espérait adoucir la tension qui habitait Jack.

Il leva la main et lui caressa la joue ankylosée, légèrement camouflée par le maquillage. Un léger frisson enveloppa Cassy. Elle devait se résonner. Il ne pouvait rien avoir entre eux, il ne l'aimera jamais. Elle était juste la petite sœur de son meilleur ami.

Jack pris ce geste comme un signe de douleur car il laissa tomber sa main, comme si elle l'avait brûlé et rétorqua :

_Excuse moi. Je ne voulais pas te faire de mal.

_Ne t'inquiète pas tu ne m'a pas fait mal. Elle s'en voulu de sa réponse, car elle avouait indirectement pourquoi elle a frissonné à son contact. Viens allons marcher, et revenons-en sur Fineli. Il faut l'empêcher de repousser notre évasion.

_Je donnerais tout pour l'assommer maintenant sans provoquer d'émeute.

_L'assommer…, répéta-t-elle pensivement. Ce ne serait pas une mauvaise idée.

Jack regarda la jeune femme, surpris.

_Cassy, sois sérieuse.

_Mais je suis sérieuse. Je ne parle pas de l'assommer en lui donnant un coup, mais avec des comprimés.

_Tu parle de somnifère ? Oui ça pourrait être une idée, répondit-il songeur. Le problème est de savoir à quel moment il pourrait l'ingurgiter et sans qu'il ne le voit.

_Puisqu'il veut me surveiller, je lui demanderais de me rejoindre dans ma chambre. Après je ne sais pas, je pourrais demander du café ou quelque chose de ce genre.

Au moins, dans ma chambre personne n'y pénètrera et ne mettra en route l'alerte générale.

_Hum… Mais il y a un autre problème. Hier quand j'ai quitté ta chambre, j'ai aperçu un homme qui fait une ronde pendant les roulements. Je pense que c'est lui d'ailleurs qui m'a vu, avant que je me dissimule dans un recoin.

Cassy sourit. Elle connaissait bien cette intonation.

_Vu le son de ta voix, tu as déjà trouvé une solution, n'est ce pas.

_Je n'ai plus de secret pour toi, ricana-t-il. Je vais le distraire pendant que tu t'avancera jusqu'à la porte du sous sol. Je pourrais peut être essayais le coup de la lentille : Oh mince alors, j'ai perdu ma lentille ! Cail mon chou, peux tu m'aider ? Tu sera un amour, dit-il en utilisant une voix fluette.

Cassy ne pu se retenir et s'esclaffa de rire. Ce qui réchauffa le cœur de Jack. Il ne supportait pas de la voir triste.

_Je préfère ça que de te voir bouder. Non pas que tu sois moche lorsque tu pleure au contraire, mais j'aime mieux t'entendre rire.

_Merci, c'est gentil. Bon alors on est prêt pour ce soir. Tu as pu prévenir Mitch ? Moi je n'ai plus aucun moyen de le contacter.

_Oui. Il m'a fourni un nouveau gadget, je te le montrerai en rentrant. C'est très pratique.

_Dis moi, tu part avec moi, hein ?

_Je ne sais pas. Si j'arrive à vous rejoindre à temps, oui. Sinon j'attendrais le lendemain. Je ferais croire que je pars à ta recherche.

_Tu te fera tuer ! Tu viens avec moi ! Je ne partirais pas si je ne te vois pas à mes coté.

_Cassandra ! On n'en est pas là. Ce qui compte c'est de réussir la mission. Si la fille Fineli ne témoigne pas, ce sera l'échec.

_Non ! Pour moi si quelqu'un meurt, c'est l'échec.

_Ne sois pas stupide. Personne ne va mourir. Fais ce que tu as à faire. Moi je me débrouillerais.

Voyant qu'elle allait intervenir, il l'interrompit :

_Et ne discute pas !

Elle soupira. Il était rare qu'elle gagne face à Jack. Mais on verra bien cette nuit s'il aura le dernier mot.

Jack regarda sa montre. Il était midi. Cela faisait deux heures qu'ils avaient quitté le manoir.

Voulant oublier pendant quelques minutes la tension qui les submergeait, il décida de profiter de ce moment de répit.

_As tu faim ? On pourrait aller au restaurent.

_Tu parle sérieusement ? On doit terminer une affaire ce soir, et tu veux qu'on aille au restaurent comme si de rien n'était ?

_Justement, ça nous ferait du bien de nous détendre. Tu sais ça ne faisait que deux heures que j'avais clos une mission quand Mitch m'a appelé.

_D'accord, mais après on retourne vite au manoir. Il faut préparer Cara pour ce soir.

_Oui Cassy, soupira-t-il. Allez viens.

Durant une heure, ils discutèrent et rirent. Ils oublièrent complètement pourquoi ils se trouvaient tout deux dans cette ville.

Ils prenaient un risque en laissant libre court à leur liberté. Une complicité qui n'échappa pas aux surveillances d'Alberto.

Lorsqu'ils sortirent du restaurant, Cassy alla acheter des somnifères et quelques vêtements pour qu'il n'y ait aucun doute sur sa promenade lorsqu'ils seront de retour.

Arrivé à la voiture, Jack l'aida à prendre place sur les sièges arrières, puis il s'installa derrière le volant et tout deux ne s'adressèrent plus la parole durant le trajet.

Lorsqu'ils franchirent l'immense grille donnant accès au manoir, ils découvrirent Fineli sous le porche.

Apparemment il attendait son retour.

_Qu'est ce qu'il me veut encore, me gifler l'autre joue pour équilibrer les couleurs ?

65

_Mademoiselle !

Jack lui lança un regard noir dans le rétroviseur. Cassy compris que sa remarque n'était pas de son goût. Il n'empêche qu'une angoisse l'envahit. Pourquoi l'attendait-il ? N'était-il pas censé la surveiller que ce soir, comme le lui avait informé Jack ? Elle ferma les yeux et prit une grande inspiration. Il ne fallait absolument pas être nerveuse. Tout allait bien se passer.

Lorsqu'elle rouvrit les yeux, elle se rendit compte que Jack avait arrêté le moteur et lui ouvrait la portière.

Elle sortie du véhicule et s'approcha de Fineli.

_Vouliez vous sortir monsieur ?

_Non Joe. J'attendais ma future épouse.

Fineli se mit à dévisager Cassy. Qu'avait-il en tête ?

_J'aimerais m'entretenir un moment avec toi, si tu le veux bien.

_Seul ?

_Bien sûr seul, quelle question ! Aurais tu peur de moi maintenant ? Tu sais très bien de quoi je suis capable, je suis la parrain de la mafia, aurais tu oublié.

_Non, mais…

_Donc si tu dois commencer à me craindre, tu aurais dû le faire depuis notre rencontre, et pas depuis ce matin.

_Jamais je n'aurais pensé, que tu aurais pu être capable d'utiliser une telle violence à mon égard.

_Joe, ce ne sera plus la peine de te charger de Fiona cette après midi. Carlos t'attend au stand de tire. Si tu pouvais apprendre à ce *bambino* comment utiliser une arme, il pourra être plus professionnel à l'avenir.

66

Jack ne su ce qu'il devait faire. Si Fineli surveillait dès à présent Cassy, comment arriver-t-elle à préparer Cara ?

_Patron, y a-t-il un problème ?

_Joe ! Je te donne des ordres, tu les exécutes. Est-ce clair ?

_Très clair.

Il lança un dernier regard en direction de Cassy, puis prit la direction du sous sol. Alberto lui avait appris les rénovations que Fineli avait apportées au manoir. Ayant agrandi son entreprise comme il disait, l'italien avait transformé le manoir en vrai fort militaire. Certes quand on pénétrait dans les lieux, personne ne pouvait se douter que certaines pièces étaient aménagées pour stoker les armes, ou même pour s'entraîner.

Grâce à cette information, Jack pouvait fournir assez de preuve pour doubler la future peine de Fineli.

Arrivé en bas des marches, il entendit des coups de feu. Carlos ne l'attendait peut être pas tout compte fait.

Lorsqu'il entra dans le stand, il attendit les dernières salves pour prévenir Carlos de sa présence.

_Le patron m'a dit que tu m'attendais. Tu as besoin de quelque chose ?

_Moi non. Il voulait que tu me donne des instructions sur la façon de manier une arme.

Jack comprit que Fineli s'était arrangé pour se retrouver seul avec Cassy plus tôt que prévu. Avaient-ils été suivit ? Pourtant Jack n'avait remarqué aucun véhicule suspect. Malgré ses intentions, Jack ne pouvait pas faire autrement que de suivre les ordres de Fineli, sinon son infiltration avait des chances d'être démasqué.

_En as-tu vraiment besoin ? Normalement si tu fais parti de ce groupe, tu dois forcément savoir utiliser une arme.

_C'est vrai, mais tu as fait parti des forces spéciales. Je pourrais donc devenir bien meilleur que je ne le suis.

_Alors commençons.

Jack lui enseigna que les bases. Un enseignement qui ne servirait pas à Carlos, car il lui expliquait tout simplement comment monter un revolver. Il ne devait prendre aucun risque. S'il lui donnait les leçons qu'il avait reçues par son instructeur, il risquerait d'avoir beaucoup de mal à l'arrêter prochainement.

_Joe ? Je sais déjà faire tout ça. C'est vrai que je ne parais pas doué, mais en réalité je n'ai pas choisi d'être ici.

_Moi non plus je ne l'ai pas choisi. C'est Alberto et toi qui êtes venu m'accoster.

_Peut être, mais si tu aurais voulu être peintre ou encore cuisinier, je n'en sais rien, tu aurais pu le faire. Moi, depuis le berceau j'étais destiné à ça.

_Où est ce que tu veux en venir Carlos ? Tu veux me faire croire que si tu fais des boulettes c'est volontaire ?, demanda Jack en s'appuyant contre le comptoir du stand, où s'entraînait Carlos quelques instants plus tôt.

_Je voudrais partir. Il n'y a pas longtemps, j'ai fait la plus grosse erreur de ma vie. Malgré ça je suis toujours là. Un autre gars l'aurait fait il serait mort aujourd'hui. Je lui ai demandé qu'il me vire, mais il refuse.

Jack savait de quelle erreur il parlait, mais il voulait que la vérité sorte de sa propre bouche.

_Qu'est ce que tu as fais qui aurait pu coûter la mort d'un autre ?

_Rien qui ne pourrait t'intéresser.

Jack se renfrogna. Carlos n'allait pas tout d'un coup être secret. Mais il lui arrachera la vérité s'il le faut.

_Au contraire. Au moins je saurai quelles erreurs à éviter.

_Non ! Pourquoi est ce que tu insiste ? Je ne veux pas en parler.

_Ok ! Ne t'énerve pas. Mais je ne vois pas pourquoi on continuerait, alors que tu ne veux plus faire partie de l'équipe.

_J'aimerais que ça reste entre nous. Je préférerais que ça ne s'ébruite pas. Mais si c'est le cas, je sais qui en sera la cause.

_Tu n'as pas besoin de me menacer. Je ne suis pas ici pour foutre mon bordel, mais pour avoir du blé.

Jack se rendit compte que cette mission réservait bien des surprises. Mais que ce soit maintenant ou au tribunal, Carlos devra avouer le meurtre de la femme du maire. Cara en sera le déclencheur.

Ne plus être aux cotés de Jack ne rassurait pas Cassy. Depuis l'événement de ce matin, elle ne se sentait plus sûr d'elle. Alors ce changement inattendu la rendit encore plus nerveuse.

_Pourquoi ce changement Giovanni ?

_Tiens ? Plus de *''mon amour''* ? Est-ce à cause de ce matin ?

69

_A quoi bon ressasser ce qui s'est passé ? Ce qui est fait est fait.

_Ne sois pas aussi nerveuse ! Il faudrait que je sois fou pour te tuer. Viens, allons dans le salon.

Fineli la poussa à l'aide de sa main positionnée en bas de son dos. Cassy s'était raidie dès qu'elle l'avait senti. Il fallait qu'elle retrouve son calme au plus vite. Elle posa ses yeux sur ses mains jointes. Elle n'avait jamais autant tremblé. Fineli dû remarquer sa nervosité, car il lui conseilla :

_Fiona chérie, s'il te plait arrête de me craindre.

_Excuse moi. Mais je n'aime pas te voir en colère contre moi. Et encore moins lorsque tu deviens violent.

_Justement, je tiens à m'excuser. Ce crétin de Cail n'est plus aussi sûr de ce qu'il a vu. J'ai pris en compte ce que Joe m'a dit, et maintenant il ne sait pas s'il a vu un homme ou une ombre.

_Evidemment c'est tellement mieux d'accuser les autres.

Fineli se rapprocha et prit son visage entre ses mains.

_Fiona. Je ne relèverais jamais plus la main sur toi. Je te le promet. J'ai cru devenir fou quand j'ai imaginé que tu m'étais infidèle. C'est pour cela que j'aimerais officialiser au plus vite notre union. Le pasteur arrivera demain matin, et demain après midi tu sera ma femme.

_Mais… Je… Pourquoi cette précipitation ? Je te serais toujours fidèle, mon amour.

_Je veux que tout le monde sache que tu es ma femme, ainsi plus personne n'osera t'aborder.

70

_Est ce pour cela que tu veux que l'on passe le reste de l'après midi ensemble ?

Cassy sentie l'angoisse la submerger. Elle n'avait donc pas le droit à l'erreur ce soir.

_Il faut bien faire des achats pour notre mariage. Il te faut une robe. Je veux que ta beauté soit mise en valeur. Et puis la tradition voudra que nos filles portent ta robe. Autant prendre notre temps pour bien la choisir.

_Me ferais tu confiance maintenant ? Ce matin ça n'avait pas l'air d'être le cas.

_Ce matin j'ai agit sous la colère. Ta sortie m'a permis de réfléchir. Oublions cela à présent, veux tu ?

Cassy devait profiter de ce moment d'influence pour l'empêcher de la surveiller ce soir.

_Alors tu n'aura pas besoin de me guetter cette nuit.

Surtout si nous nous marions demain, nous ne devons en aucun cas partager la même chambre.

_En effet, j'ai donc prévu de faire surveiller ta porte. Je l'ajouterais parmi les autres. Si ça continu, il y aura un agent tous les cinq mètres, dit-il en riant.

Cassy en revanche n'avait pas très envie de rire. Cet homme aura-t-il un remplaçant ? Si ce n'était pas le cas, Cassy se retrouverait avec un nouveau problème. Cette mission devait être maudite, il ne pouvait en être autrement. Et pour l'heure, son plan d'évacuation n'était pas prêt d'être exécuté tant qu'elle n'en informera pas Cara. Et Jack, comment le prévenir…

_Fiona chérie ? Tu n'es plus avec moi. Où étais tu donc partie ?

Prise de cours, Cassy dit la première chose qui lui vint à l'esprit :

_J'imaginais notre mariage mon amour. C'est vrai, pourquoi attendre ?

La réponse lui satisfaisait car il souri et l'enlaça.

_C'est la même question que je me pose pour bien des domaines.

Prise d'une soudaine inspiration, elle lui demanda :

_J'aimerais annoncer la nouvelle à ta fille. Ca ne te dérange pas si je vais lui rendre visite ?

_Allons le lui annoncer ensemble.

Aïe ! Rien n'allait comme elle voulait. C'était comme ça depuis le début de la mission. Dès qu'elle sentait un moyen d'avancer l'affaire, il fallait que quelque chose vienne tout chambouler, comme aujourd'hui même. Mais avant tout elle ne devait apporter aucun doute sur son identité, alors elle n'eut pas le choix. Elle ne devait refuser sa proposition.

_Très bien.

Trente minutes plus tard, ils annoncèrent la nouvelle à Cara.

_*Figlia*, nous avons une nouvelle à t'annoncer. Fiona et moi avons avancé la date du mariage. Nous le célèbrerons demain à quatorze heures.

Cassy compris le désarroi de Cara. Ne lui avait-elle assuré qu'elle était ici pour elle, et que le mariage était un camouflage. Elle devait donc se demander pourquoi elle se mariait avec son père finalement.

_Quelle importance puisque je suis enfermée. Tu as tellement peur pour ta protection.

_Cara ! Si j'étais sûr que ma fille ne me tirera pas dans le dos, alors naturellement tu aurais une vie normale et beaucoup plus libre.

_Giovanni, je t'ai dis qu'elle y réfléchissait. Ne t'inquiète pas, elle risque sûrement de changer d'avis durant cette nuit.

Elle insista légèrement sur ses derniers, elle ne voulait se faire comprendre que par Cara.

_Pourquoi dis-tu cela chérie ?

_C'est notre dernière nuit, et un nouveau départ. C'est comme si nos vies de célibataire s'évadaient et nous offraient une liberté de nous exprimer, de nous aimer.

Grâce à quelques sous entendus, Cassy espérait que Cara ait compris son message. Dans le cas contraire, elle ne savait pas comment s'en sortir, pour le moment.

Ils continuèrent à discuter. Cara paraissait différente tout à coup, et s'intéressait sur leur futur. Cassy pensa qu'elle avait dû rater quelque chose, car le changement était assez étrange. Giovanni n'en prit pas attention, il paraissait heureux de pouvoir retrouver sa petite fille pendant les quelques minutes qu'ils passaient ensemble.

Lorsqu'ils quittèrent la chambre une heure plus tard,

Cassy se retourna vers Cara, et l'espoir lui revient enfin. Elle adora ce qu'elle lut sur les lèvres de la jeune femme :

_A ce soir.

Elle avait donc compris.

_Que t'arrive-t-il ma chérie. Depuis que nous avons quitté Cara, tu parais tellement heureuse. On croirait voir un enfant au pied du sapin un matin de noël.

Après avoir franchit la porte, il était plus de dix-neuf heures. Ils avaient décidé de se rendre dans la salle à manger pour prendre le dîner.

_Je suis heureuse de la nouvelle tout simplement.

Fineli n'avait certainement pas en tête la même chose qu'elle.

Ils finirent de dîner tranquillement. Il est vraiment étrange de voir à quel point un rôle pouvait cacher les facettes. Personne ne pouvait s'imaginer que tout était faux.

_Tu voudras bien m'excuser Fiona ? Je dois donner des instructions à mes hommes, pour cette nuit.

_Vois-tu Joe à cette réunion ?

_Oui. Pourquoi ? Serais tu tombée sous le charme de ce gars ?

Le visage de Fineli s'était brusquement assombri.

_Non du tout. Quelle idée ? Non. Je voulais juste que tu le remercie de m'avoir accompagné, il a été très aimable avec moi. Et puis tu sais il t'a beaucoup soutenu.

_Comment ça ? Je n'aime pas du tout ce que tu me dis Fiona.

_Giovanni ! Avec ce qui s'est passé ce matin, je voulais te quitter. J'ai demandé à Joe de m'emmener à l'aéroport.

Mais il m'a dissuadé de le faire. Il m'a confié que ce matin ce n'était pas toi qui avais agit ainsi. Que parfois l'amour pouvait provoquer des gestes involontaires. Il m'a demandé de te laisser une chance. Il t'est très reconnaissant de l'avoir engagé.

Mais où cachait-elle toute cette inspiration ? Elle-même était étonnée. Toute fois son petit discours n'était pas apprécié par Fineli.

_Il s'est mêlé de ce qui ne lui regardait pas. Je vais lui dire deux mots.

_Vas-tu lui reprocher de m'avoir ramené ici ? Sans lui nous n'en serions pas là. Et demain n'aurais jamais eut lieu.

Fineli se radoucit.

_C'est vrai tu as raison. Alors je le remercierais. Peut-être que ça expliquera le rapport d'Alberto.

_Pardon ?

_J'ai testé Joe. Vous étiez suivi et vous aviez l'aire très complice.

_Est-ce vraiment Joe que tu testais ?

_Oui, je testais sa confiance !

Et sans lui laisser le temps de répondre, il lui donna un baiser sur la joue et la quitta.

Cassy sentit l'espoir l'envelopper. Certes, la mission n'était pas encore achevée, mais rien ne présageait d'entraver l'enquête. Quoi que… Une petite crainte lui nouait le ventre. Fineli lui avait-il tout dis sur ce rapport ?

Mais demain elle aura enfin prouvé à son frère qu'elle était aussi compétente que lui. Et si Jack faisait part de son erreur, alors ce serait la cerise sur le gâteau.

Mais finalement, à quoi cela servirait-il ? Cassy déposera le plus tôt possible sa lettre de démission sur le bureau de Mitch. Oui, c'était la meilleure solution. Elle ne pouvait plus travailler avec Jack tout en cachant ses sentiments. Un beau jour, il le découvrirait et lui rirait au nez. Pour lui elle n'était que sa petite sœur d'adoption. Elle ne pouvait pas continuer ainsi. Sa décision était prise.

Mais il fallait qu'elle se concentre sur son plan d'évasion. A vingt-trois heures, elle rejoindra Cara.

Réuni dans le bureau de Fineli, tous les hommes attendaient les instructions pour la nuit. Jack avait été convoqué pour déposé son rapport sur sa matinée passée avec ''Fiona Dexter''.

Il était appuyé contre le mur au fond de la salle et observait les mouvements, les discussions et le comportement des mafieux.

C'était la première fois qu'ils travaillaient sur une affaire rattachée à la mafia. Généralement, les missions concernaient plutôt l'armé ou des personnalités. De temps à autres on les appelait aussi pour des disparitions ou pour aider la police. C'était le cas présent, mais la mafia avait plus d'un tour dans leur sac. C'est ce qu'avait découvert Jack depuis son arrivé.

Fineli fit son entré et tout le monde se réduit au silence.

_Bien messieurs. Il y aura un petit changement pour cette nuit…

Jack senti son sang se refroidir.

_…la chambre de mademoiselle Dexter devra être gardée. Neil tu en aura la responsabilité. Je sais que tu es capable de rester en éveil toute une nuit. C'est pour cela que je t'ai choisi, car je ne veux pas de roulement à cette porte.

Cassy était-elle au courant ? Nom de nom ! Sa chambre avait une vue sur la porte de la cave. Il faudrait une diversion. Mais comment rentrer en contacte avec Cassy ? C'était un vrai enfer cette mission.

_Joe ! Es tu devenu sourd ou quoi ? Ca fait trois fois que je t'appel, grogna Fineli.

Jack s'aperçut que tout le monde était sorti. Il était tellement immergé par ses pensés qu'il ne s'était rendu compte de rien.

_Désolé patron. J'étais en train de réfléchir.

_Ah oui ! Et à propos de quoi ?

_Euh… Et bien… Je me disais que je pourrais donner un coup de main à Neil.

_Non je préfère qu'il reste seul. J'ai confiance en lui. Mais j'aimerais te parler un moment.

Fineli contourna son bureau et s'y appuya en croisant les bras.

_J'ignore ce que vous avez fait ce matin, mais Fiona t'en est très reconnaissante. Aurais tu quelque chose à m'apprendre ?

_Et bien je l'ai accompagné dans les magasins du centre ville. J'ignore pourquoi elle m'est reconnaissante, j'ai fait mon boulot.

_Hum ! Pourtant elle m'a assuré que si elle est auprès de moi en ce moment c'est grâce à toi. Peux tu m'expliquer pourquoi ?

Que lui avait elle raconté ? Maintenant il se retrouvait dans de beau drap. Mais il ne prendrait aucun risque. Surtout pas maintenant.

_Monsieur, je ne vois pas de quoi vous voulez parler. Je ne l'ai pas ligoté si c'est ce que vous voulez savoir.

Fineli se mit à rire.

_Non non. Elle ne m'a rien dit de tel. Elle m'a juste confié que tu m'avais soutenu. Après mon manque de sang froid de ce matin, tu as réussi à lui redonner confiance en moi. J'ignore pourquoi tu as fait cela, mais merci pour ta loyauté. Je te revaudrais ça dès que je la verrais avec la bague au doigt.

Jack était en colère contre Cassy. Elle risquait de le faire tuer en racontant des nouvelles salades sans lui en parler.

_C'est tout naturel. Vous m'avez fait confiance dès le départ. C'est moi qui vous devais une chandelle.

_Alors on est quitte. Mais j'aimerais qu'à l'avenir, tu sois moins proche de Fiona.

_Je ne comprend pas. Qu'avait-il encore en tête ?, pensa Jack.

_La garder aujourd'hui était un test de confiance. Je t'ai fait suivre par Alberto.

Ce qui expliquait que pendant le déjeuner, il se sentait espionné.

_Tout le monde passe ce test, ajouta Fineli. Mais Fiona, c'est une première. Aucun homme ne pourrait lui résister. Mais tu as satisfait ma confiance.

Jack senti le soulagement l'envahir. Décidément, sa présence mettait la mission de Cassy en péril.

_Merci patron.

_Bon tu peux disposer. Mais évite de t'occuper de ma vie privée dorénavant.

_A vos ordres patron. A demain.

Ou plutôt adieux ! Du moins, il l'espérait.

Chapitre V

Vingt trois heures ! Enfin l'heure du verdict.
Cassy voulait jeter un coup d'œil dans le couloir, pour voir si tout se passait comme prévu.

Elle ouvrit la porte et fut surprise de voir un homme sur le seuil.

Mince ! Mais oui, Fineli l'avait prévenu qu'un de ses hommes garderait sa porte. Comme s'il avait lu dans ses pensées, celui-ci se retourna vers elle.

_Mademoiselle ? Vous vouliez quelque chose ?

_Euh non j'ai cru entendre du bruit. Mais vous êtes ?

_Neil mademoiselle. J'ai pour instruction de surveiller votre porte toute la nuit.

Toute la nuit ! Cela voulait dire qu'il l'a verrait franchir la porte donnant au sous sol avec Cara.

_Vous ne ferez pas de roulement ? J'aimerais savoir pour ne pas être surprise du bruit de pas durant la nuit.

_Oui mademoiselle, toute la nuit et je m'efforcerais de ne pas faire de bruit.

_Merci c'est aimable à vous. Bon courage.

Et elle ferma la porte. Sapristi, comment allait-elle faire ?

80

Elle se dirigea à la fenêtre et l'ouvrit. Dehors trois maîtres chiens faisaient leurs rondes. Elle regarda dans la direction donnant sur la fenêtre de la chambre de Cara. Elle pouvait l'atteindre. Il suffisait d'escalader le mur. Comme tout ancien manoir, la façade était recouverte de meulière. Quelque morceau de béton servant d'armature, pourrait l'aider à progresser sans grand danger.

Elle se recula et referma la fenêtre. Maintenant le seul problème était ce Neil. Comment le distraire le temps de franchir cette porte du sous-sol.

Elle devait bien admettre que l'aide de Jack serait bien utile en ce moment. De toute façon n'était-ce pas de sa faute s'il y avait ce contretemps ?

Avait-il été mis au courant des intentions de Fineli ? Elle devra se débrouiller. Elle retourna à son lit où étaient étalé ses habits d'agent secret. Elle s'y vêtu. La couleur noire lui permettait de ne pas être repérée dans la nuit. Fin prête, elle retourna à la fenêtre. Elle s'assura que les maîtres chiens aient tourné au coin du manoir et l'escalada. Elle prit une forte inspiration et commença à s'agripper aux vieilles pierres. Les gants l'aidaient à s'accrocher sans se faire mal.

Il devait y avoir une distance de huit mètres entre les deux chambres. Arrivée à la moitié du parcours, Cassy fit une pause. A peine fut-elle stabilisée qu'elle trébucha. Le morceau de meulière s'était brisé. Le bruit résonna dans le silence lorsqu'il rentra en collision avec le sol. Elle entendit les chiens aboyer. Il lui restait peu de temps avant que les hommes fassent le tour de la maison et l'aperçois. Elle reprit le mouvement et essaya d'atteindre la fenêtre de Cara le plus rapidement possible. A sa demande Cara l'avait laissé ouverte.

Les chiens étaient déjà arrivés et aboyaient comme des forcenés. Elle arriva au bord de la fenêtre, l'escalada et se laissa tomber dans la pièce. Les hommes arrivaient juste à ce moment là. Il était moins une.

_Cassy ! Vous allez bien ? chuchota Cara.

_Oui ne vous inquiétez pas, la rassura-t-elle en se relevant. Je suis ravis que vous ayez compris mon message de cet après midi.

_Il faut dire que j'étais assez surprise au départ. J'ai bien cru que vous alliez vraiment l'épouser.

Cassy regarda sa montre.

_Bien ! Il nous reste peu de temps avant que le roulement se fasse à votre porte. Mais je dois vous l'avouer, nous aurons un petit contre temps. Votre père a eu l'idée de mettre un homme à ma porte aussi, mais sans de changement. J'ignore encore comment le distraire.

Une idée lui vient tout d'un coup en tête.

_Je sais ! Vous vous mettez à crier de douleur, et Neil va forcément venir vous voir puisqu'il n'y aura plus d'autre homme. Dès qu'il franchit la porte je l'assomme.

_Mais les autres ne vont-ils pas remarquer son absence ?

_Quand ils s'en rendront compte, nous serons loin.

Cassy entrebâilla la porte. L'homme qui gardait la porte venait de partir. Mais quelque chose n'allait pas. Qui pouvait bien discuter dans le couloir ?

Avec précaution, elle regarda dans la direction où provenaient les voix. Jamais elle n'aurait pu s'imaginer

82

cela. Jack était en train de discuter. Il était sa diversion, comprit-elle. Elle devait vite passer à l'action. Elle se retourna et intima Cara de la suivre sans faire de bruit. Elles traversèrent la petite distance et franchirent la porte donnant au sous sol.

_Ca fait trois jours en gros que je suis ici, et impossible de me repérer, dit Jack en riant.

_Pour moi aussi c'était pareil.

Jack vit du coin de l'œil que Cassy et la fille de Fineli passait la porte menant au sous sol. Il devait aller les rejoindre.

_Où est le sous sol donc ?

Neil se retourna et lui indiqua la porte que Cassy venait de fermer.

_Merci ! Bonne nuit.

_Ca va aller pour moi, bon tire.

Jack faisait croire à Neil qu'il cherchait le stand de tire pour s'entraîner. Ce qui ne paru pas le choquer malgré l'heure avancée.

Il passa la porte et fut surpris par l'obscurité. Personne ne devait être en bas. Sauf Cassy bien entendu.
Il descendit les marches et quand il arriva à la dernière marche, il tata à la recherche d'un bouton.

Au moment où il voulu allumer la lumière, il reçut un coup dans la mâchoire. Poussant un grognement, il réussit à appuyer sur l'interrupteur.

Lorsque les fuseaux de lumières éclaircirent la salle, il découvrit une Cassy folle de rage.

_Sans toi je n'aurais jamais eu ce problème. J'ai failli me faire repérer, et tomber de cinq mètres de haut.

_Quoi ! Mais qu'est ce que tu raconte ?

_Vous ne croyez pas que c'est le mauvais moment pour rendre des comptes ?

Cassy et Jack se dévisagèrent. Cara avait raison, ils n'avaient pas de temps à perdre.

Jack se frotta la mâchoire.

_Tu ne manque peut être pas tant que ça d'entraînement. Joli coup.

_Oh, La ferme !

Surprise Cara les regarda tour à tour. Puis elle se mit à pouffer de rire. Jack et Cassy se retournèrent et se retrouvèrent interdit.

_Pourquoi vous mettez vous à rire ? demanda Jack.

Cara retrouva son sérieux et leur répondit :

_On croirait voir un vieux couple qui se chamaille.

Jack et Cassy échangèrent un regard surpris et sourirent.

_Bon allons y, notre temps est limité.

Tous trois traversèrent le sous sol. Arrivés devant le stand de tire, ils vérifièrent si personne ne s'y trouvait. La voie était libre.

_En même temps qui veux tu voir s'entraîner en pleine nuit ?

_Comment veux tu que je le sache, je suis pas l'amie de tes collègues. Et Neil ne t'a pas suivi, ce n'est donc pas si inhabituel pour un ancien agent spécial.

Jack soupira, mais s'abstint de répondre.

Cassy ne supportait pas d'avoir tord. Alors si une personne avait le malheur de lui faire une remarque, vous êtes sûr de recevoir une réponse salée. *"Un sale caractère qui l'avait aidé à devenir un excellent agent"*, pensa Jack.

Enfin ! Ils approchaient la porte de sortie. Cassy posa la main sur la poignée, mais quelque chose clochait. Elle tournait la poignée mais la porte ne s'ouvrait pas.

_C'est pas vrai ! Pourquoi est-ce qu'il a fermé cette foutu porte ?

_Restez là. Je vais faire le tour et l'ouvrir. Cachez vous dans un coin, il faudra que personne ne vous voit quand on l'ouvrira.

_On ? Mais que vas-tu faire ?

_Fais ce que je te dis. Je n'en ai pas pour longtemps.

Et il parti sans lui laisser le temps de répondre.

_Ah qu'est ce qu'il m'énerve à tout garder pour lui.

_On ne croirait jamais que vous êtes des agents, mais plutôt un couple comme je le disais tout à l'heure.

_Ce ne sont que des apparences. On est juste comme frère et sœur.

_C'est souvent comme ça que commence l'amour.

_Arrêtez de dire n'importe quoi. La seule chose que vous devriez avoir en tête est de sortir d'ici.

_Oui. C'est bizarre. Avant il ne fermait pas cette porte. Il doit avoir peur mais de quoi…

_Vous oubliez que votre père me surveille. Peut être a-t-il pris des précautions. Il n'a pas vraiment une grande confiance en ses hommes.

Cassy regarda autour d'elle. A sa gauche, plusieurs étagères étaient fixées au mur. Des caisses de bouteilles de rouge, de rosé et de blanc s'empilaient sur celles-ci. A sa droite, des dizaines de cartons s'entassaient. Elle s'y approcha et commença à en ouvrir un. Ils ont été vidé, ils contenaient seulement des copeaux. Mais d'après les formes encore présentent, il y avait eu des armes.
Elle referma le carton et appela Cara qui n'avait pas bougé.

_Venez, nous allons nous cacher derrière ces cartons. On attendra Jack ici.

_Vous croyez qu'il réussira à nous ouvrir cette porte ?

_Son plus grand défaut, c'est de toujours réussir.

Cara fronça les sourcils. Il est vrai que sa remarque ne pouvait pas être compris par tous.

Retour à la case départ. Jack franchit pour la seconde fois la porte du sous sol et traversa le couloir. Neil lui fit un signe de tête. Il lui répondit et descendit les escaliers.

Le hall était désert, il regarda sa montre. Rien d'étonnant, la nuit était déjà bien avancée. Il leur restait quelques heures pour sortir de cette prison et rejoindre le centre ville.

Il s'arrêta brusquement. Quelle excuse allait-il donner à l'un des gardes de nuit, pour qu'ils lui ouvrent cette saloperie de porte ?

Il pouvait toujours utiliser la même idée. Mais n'allaient-ils pas trouver louche qu'il veuille tirer en pleine nuit ?

Tant pis, il n'avait ni le choix, ni le temps.

Il ouvrit la porte d'entrée et s'avança sous le perron. Il regarda autour de lui à la recherche d'un des gardes.

_Zueni ? Tu cherche quelque chose ?

Jack se tourna dans la direction d'où provenait cette voix. C'était Cail, cet imbécile qui avait provoqué la rage de Fineli au point de frapper Cassy. Jack s'obligea à reprendre son calme et lui répondit :

_Justement je cherchais quelqu'un pour m'indiquer l'accès au sous sol.

Cail ne s'attendait certainement pas à cette réponse puisqu'il haussa ses sourcils.

_Tu sais très bien comment y accéder, tu as les plans de la maison comme tout le monde. Et pourquoi voudrais tu aller au sous sol à cette heure-ci ?

_Je ne veux pas y accéder par la maison au risque de réveiller tout le monde, ou au pire créer de nouveaux problèmes à mademoiselle Dexter, expliqua-t-il avec ironie. Et je voudrais tirer un peu, je n'arrive pas à dormir autant m'occuper.

Sa remarque ne faisait pas du tout rire Cail. Tant mieux, ça lui apprendra de trop parler.

_Viens je t'accompagne. Mais tu aurais pu très bien t'occuper d'une autre façon.

_Autant m'entraîner que perdre du temps à rien faire.

Le chien qui accompagnait Cail ne cessait de le flairer.

_Je vois que tu as une touche, dit Cail en riant.

_Parle moins fort ! Tu veux réveiller tout le monde ?

_Eh ! Ne pas dormir te met dans une humeur pas possible. Calme toi Zueni.

87

Arrivé devant l'obstacle, Cail prit sa clé et tourna le verrou. Lorsqu'il ouvrit la porte le chien, se mit à grogner. Il ne manquait plus que ça.

_Qu'est ce qui se passe Rufus ?

_Il doit sentir la poudre, à force de tirer dans ce stand, ça doit refouler.

_Non, c'est autre chose.

Jack devait l'empêcher d'avancer.

_Qu'est ce que ça pourrait être, franchement ? Personne ne pouvait entrer, la porte était fermée.

_Oui c'est vrai, mais je ne l'ai jamais vu comme ça.

_Allez retourne à ton poste s'il y a un problème tu sera prévenu.

Mais Cail ne l'écouta pas et descendit les marches avec le chien. Jack le suivit et ferma la porte derrière lui.

Arrivé en bas, Jack l'appela. Cail se retourna et reçu un coup de point en plein visage. Assommé, il s'étala sur le sol. Le chien réagit et planta ses crocs dans l'avant bras de Jack. Cassy sortie de sa cachette et lui donna un violent coup de pied dans le flan. Le chien suffoqua, lâcha sa proie et tomba au sol en gémissant.

Il ne pouvait plus bouger. Elle regarda Jack et cru qu'elle allait s'évanouir.

_Jack ! Ton bras est en sang.

Jack la repoussa, ils devaient s'occuper de ses deux contre temps.

_Cassy, on s'occupera de mon bras après. Trouve quelque chose pour les ligoter, et du ruban adhésif. Il ne manquerait plus qu'on se fasse repérer avant d'atteindre le centre ville.

Cassy se souvenait d'avoir vu des cordes avec les cartons, elle demanda à Cara de les lui apporter. Celle-ci s'exécuta en larme.

_Qu'est ce qui se passe ? Pourquoi pleurez vous Cara ?

Elle essuya ses larmes et renifla.

_Vous m'avez fait peur. J'ai cru que ce chien allait vous dévorer.

_Il m'a juste mangé un bout de bras. Il n'a pas dû me trouver appétissant.

_Vous n'êtes pas drôle.

Jack sourit mais grimaça aussitôt de douleur.

_Jack, il n'y a aucun ruban adhésif dans les parages. Mais attends. J'ai encore les somnifères dans mon sac à dos.

Elle sortie une bouteille d'eau et le tube de somnifère. Au moins il ne lui sera pas inutile. Jack releva de son bras valide Cail, pour que Cassy puisse facilement lui faire avaler l'eau avec deux comprimés. Par réflexe Cail se mit à déglutir. Il ne se réveillera pas pendant un bon moment avec cette dose.

Quand au chien, Jack lui avait serré la mâchoire. Il ne pourra que gémir, ainsi personne ne l'entendra.

_Mais s'ils s'aperçoivent qu'il manque Cail, comment fera-t-on ?

_Cassy arrête de penser au pire ! On improvise toujours. Ce n'est pas une première. De toute façon, après ce qui s'est passé aujourd'hui, personne ne le prend plus très au sérieux.

Jack fouilla Cail, il lui prit les clés et son revolver.

_Où es le tiens ?

_Il m'attend à mon motel. Je n'ai pas prit toutes mes affaires pour venir ici. Où est ce que tu crois que j'aurais pu cacher mon ordinateur portable et tout le reste du matériel ?

Cassy ne répondit pas. Jack termina sa fouille, puis ils les cachèrent derrière les cartons et sortirent du sous sol.

Dehors tout était calme. La grille n'était maintenant à quelques mètres. Ils s'avancèrent jusqu'à celle-ci et Jack chercha la bonne clé dans le trousseau.

_Dis moi Cassy, as-tu prévu un véhicule pour nous amener en ville ?

_Disons que je n'avais pas prévu d'ouvrir cette porte avec une clé, si tu vois ce que je veux dire.

_Quoi ? Tu voulais voler une voiture puis défoncer la grille. Très professionnelle ! Ils t'auront tous suivi.

_Pourquoi monte tu sur tes grands chevaux ? Millicent nous attend.

_Millicent ?

_La nouvelle recrue.

_La nouvelle recrue ?

_Vas tu encore nous faire perdre du temps à répéter tout ce que je dis ?

Jack trouva enfin la bonne clé. Il entrebâilla la porte en fer forgée et laissa passer Cassy puis Cara. Il les suivit et la referma sans bruit. Pour les ralentir, il mit la clé dans la serrure puis la cassa d'un violent coup de pied. Ils ne pourront l'ouvrir qu'en fonçant avec un véhicule.

Depuis qu'il avait rejoint Cassy, Jack avait été très surpris du manque de sécurité à cette grille. Il est vrai que

90

normalement il devait y avoir Cail dans cette zone, mais tout de même.

Cent mètres plus loin, une voiture les attendait. Une femme y sortie. Jack avait l'impression de l'avoir déjà vu.

Etait ce peut être le fruit de son imagination qui lui jouait un tour, ou tout simplement à cause de la beauté de cette femme. Bien qu'il fut nuit, Jack apercevait grâce à la lumière du clair de lune, les courbes voluptueuses de la dénommé Millicent. Très familières.

_Jack, voici Millicent. J'espère qu'on ne t'a pas trop fait attendre Millie.

_Non, j'ai pris aussi du retard à cause de Mitch. Il ne cessait de m'appeler pour s'assurer que je savais exactement ce que je devais faire.

Cassy sourit, son frère ne changera jamais. De son coté Jack était intrigué. Où avait-il bien pu voir cette femme ? En tout cas elle avait des traits qu'il connaissait.

Installés dans la voiture, ils prirent le chemin du centre ville. Jack ne pouvait plus se retenir et posa la question qui le hantait :

_On ne s'est pas déjà rencontré ?

_Jack c'est impossible. Tu étais en mission quand elle nous a rejoint.

_Détrompe toi Cassy. En effet on s'est déjà rencontré *beau gosse*.

Jack n'en croyait pas ses oreilles. La dernière fois qu'une personne l'avait appelé ainsi c'était…

_Non ! Lizzie ?

_Oh ! Je vois que j'ai fait une bonne impression. Vous vous souvenez de moi ?

_C'est donc pour ça que vous teniez tant à tout m'apprendre sur la ville.

Millicent avait un rire cristallin.

_Oui, c'était une idée de Mitch. Il s'en voulait de vous envoyez en mission sans vous laissez souffler.

_Je vous trouve beaucoup plus ravissante au naturel...

Prise de jalousie non seulement parce qu'elle était mise à l'écart, mais en plus parce qu'ils avaient l'aire d'être attiré l'un par l'autre, Cassy s'écria :

_Vous allez m'expliquez oui ou non ?

_J'étais la réceptionniste du motel de Jack. D'ailleurs vos affaire son dans le coffre. Nous ne pouvons plus y retourner au cas où ils se rendraient compte de votre disparition, mais aussi parce que vous avez sûrement besoin de vos affaires.

En plus d'être belle, elle était très efficace.

Cassy fulminait dans son coin. Ce n'était pas la première fois que Jack draguait devant ses yeux. Avec un physique pareil, il ne pouvait qu'entretenir une excellente activité sexuelle. Mais là c'était plus fort qu'elle. Elle ne pouvait plus supporter de voir Jack attiré par d'autre femme.

Millicent avait été recruté par ses soins. Elle avait donné un faux prétexte à Mitch pour qu'il accepte cette recrue. Mais en réalité Millicent était sa remplaçante. Ils le découvriront bien assez vite. Mais elle ne voulait certainement pas qu'elle prenne aussi sa place dans la vie de son frère et de Jack. Surtout dans celle de Jack.

Elle devait arrêter de rêver, jamais Jack ne se tournera vers elle. Mais elle avait tant espéré. Elle se tourna vers Cara et constata qu'elle s'était endormie. Quoi de plus normal il était maintenant cinq heures du matin. Mitch devait les attendre avec la CIA.

Assise à l'arrière de la voiture, elle n'avait donc pour champ de vision que ces deux tourtereaux. Elle ne voulait plus voir cette scène. Elle décida de fermer les yeux, mais à la place elle voyait des scènes encore plus audacieuses.

Comment pouvait-elle penser ainsi alors qu'ils ne faisaient que de discuter ? Oui mais à force de papoter on en vient aux gestes. ''*Arrête ! Tu divague Cassandra.*''

_Cassy ! Eh allo la lune ici la Terre, vous me recevez ?

Cassy était tellement perdu dans ses pensées insolites, qu'elle ne s'était pas rendue que Jack l'appelait.

_Cassy tu te sens bien ?

_Hein ? Quoi ? Oh oui tout va bien. Désolée j'étais dans mes pensées. Qu'est ce que tu me disais ?

Jack la regardait d'une drôle de façon, comme si elle était souffrante.

La nuit commençait à laisser place au levé du soleil. Les nuances jaune et rose de l'aube jouaient sur le visage de Cassy. Cette femme état une vraie énigme pour lui. Elle pouvait être à la fois fragile et forte. Un cocktail qui déboussolait Jack. Il ne comprenait toujours pas pourquoi son visage s'était décomposé lorsqu'ils avaient rejoint Millicent. Etait ce à cause du déroulement de cette mission ? Il est vrai que Mitch se comportait comme un bourreau avec elle. Il voulait donc la rassurer.

Il s'éclaircit la voix et répéta :

_Tu as brillamment réussi cette mission. Mitch aura beau dire ce qu'il veut, moi je sais ce que j'ai vu. Tu n'avais pas du tout besoin de mon aide. On s'est inquiété pour rien.

_Merci, mais ton discours ne sert à rien tant que la mission n'est pas terminée.

_Si je peux me permettre Cassy, Cara est avec nous et plus au manoir. Donc vous avez terminé votre mission, intervient Millicent.

_Je suis bien d'accord avec vous, mais tant que Cara n'est pas entre les mains de la CIA, pour moi la mission n'est pas terminée.

Jack leva les yeux au ciel. Parfois il oubliait que Mitch et Cassy faisait partie de la même famille, mais son fichu caractère le lui rappelait très vite.

_Cassy ! Tu es trop exigeante avec toi-même.

_Je suis bien obligée, et tu sais pourquoi.

Jack soupira et se rassit correctement sur son siège. Ils arrivaient dans le centre ville. Millicent tourna dans une rue et se gara derrière le véhicule de la CIA. Il sorti de la voiture et ouvrit la portière de Cassy, tandis que Millicent confiait Cara aux agents de l'ordre.

_Cassandra Rose Linda Scott, cela vous rassure-t-il maintenant que Cara est aux mains de la CIA ?

Considérez vous dorénavant que votre mission soit terminée ?

_C'est très drôle Jack. Arrête de te moquer, tu veux ? Si tu étais à ma place tu serais pareil.

_Hum… Je préfère être à ma place. Ce serait dommage de ne plus admirer les femmes.

Cassy éclata de rire. A chaque fois qu'elle riait ou souriait, son visage s'illuminait. Oui, ce serait vraiment dommage de rater ça. Mais elle reprit brusquement son sérieux et devint blême.

_Mon Dieu ! Ton bras, il faut le soigner tout de suite. On aurait pu s'en occuper dans la voiture, s'affola-t-elle.

Il avait complètement oublié la légère morsure sur son bras. Le sang s'était arrêté de couler. Sans avoir eu le temps de réagir, Cassy était allée chercher la trousse de secours dans le coffre de la voiture et l'avait soigné.

_Tu as de la chance. Ces vestes sont tellement épaisses que ton bras n'aura pas besoin de point de suture.

_Merci poussin.

Il sentit une main se poser sur son épaule. Il se retourna.

_Félicitation mon vieux ! Tu débarque et en moins d'une semaine c'est fini.

_Non Mitch. Cassy n'a pas eu besoin de mon aide. Je n'ai rien fait je n'ai été que spectateur. Tu m'as envoyé là-bas pour rien.

_Je n'ai pas besoin de ta protection Jack. Bon ce n'est pas tout mais nous devons partir d'ici.

Mitch s'approcha et la pris dans ses bras :

_Bonjour petite sœur. Ca me fait plaisir de te revoir enfin. Il s'écarta et rejoignit sa voiture. Allons y ! Vous venez ?

Jack suivit Mitch, mais Cassy ne bougeait pas. Elle était figée et regardait la CIA s'éloigner avec Cara. Elle avait l'aire tellement bouleversé.

_Tu viens poussin ?

Il savait que ce serait efficace. Elle se tourna à lui et le foudroya :

_Arrête de m'appeler ainsi, je n'ai plus adolescente.

Il pouffa et ils prirent la route pour enfin rentrer chez eux.

Cassy sentait un poids en moins sur ses épaules. Elle avait l'impression qu'une nouvelle vie s'offrait à elle.

Elle revenait du bureau de Mitch, mais elle n'y avait trouvé personne. Les deux amis devaient être en salle de sport ou partis jouer sur le terrain. C'était une habitude qu'ils avaient prise depuis qu'ils se connaissaient.

Cela faisait déjà deux semaines qu'ils avaient laissé Cara entre les mains de la CIA. Deux semaines au cours desquels elle avait écrit et réécrit sa lettre de démission. Elle avait beaucoup douté, car Mitch avait enfin reconnu ses capacités d'agent. Mais dès qu'elle avait revu Jack, elle avait été de nouveau sûr de sa décision.

Lorsque Mitch retournerait à son bureau, il la trouvera appuyée sur l'écran de son ordinateur.

La sonnette de la porte retentie. Elle alla ouvrir et fut surprise par la découverte de son visiteur.

96

_Jack ? Si je m'attendais à ta visite…

_Salut Cassy. Je reviens du terrain de basket. Ton frère m'a donné quelques nouvelles sur l'affaire Fineli. J'ai voulu t'en informer.

Elle le laissa entrer, puis l'invita à boire un verre sur la terrasse.

_Et pourquoi Mitch ne m'a rien dit ce midi.

Au moins trois fois par semaine, Ils se réunissaient pour partager un déjeuner. C'était devenu un rituel depuis l'ouverture de la CMJ's production.

_Je ne sais pas. Pourtant il reconnaît enfin tes compétences.

_Oui. Alors qu'elles sont les nouvelles ?

_Cara a écrit son témoignage, maintenant ils attendent le procès qui aura lieu le mois prochain. Je voudrais que tu fasse attention tant que Fineli n'est pas définitivement en prison. Dieu sait ce dont il est capable de faire quand on le trahit.

Cassy se leva et s'adossa contre la rambarde de la terrasse.

_Jack, il ne connaît ni mon nom ni mon adresse. Je ne crains rien. En plus je ne bouge pas. Il ne pourra jamais me trouver. Et puis, une voiture de police assure ma sécurité au cas où…

Jack se leva à son tour et la rejoignit.

_Je l'espère. Je n'aimerais pas te savoir en danger.

_Vous vous êtes inversé les rôles ce n'est pas possible, s'indigna-t-elle. Maintenant c'est toi qui n'as plus confiance en moi.

Il se rapprocha encore et lui caressa la joue. Toutes sortes d'émotions la submergèrent. Elle devait rompre tout contact.

_Il n'est pas question de confiance poussin…

_Je t'ai déjà dit de ne pas m'appeler ainsi !

Surpris, il s'agrippa à la rambarde derrière Cassy l'emprisonnant ainsi.

_Pourquoi ? Tu préfèrerais princesse, dit-il en souriant.

Son visage changea d'expression et son regard devint aussi sombre qu'une nuit étoilée. Elle posa ses mains sur son torse pour le repousser mais le contact l'ensorcela.

_Jack…euh…tu devrais…

Elle ne pu terminer sa phrase, le téléphone sonnait interrompant le charme.

C'était Mitch qui avait trouvé sa lettre en entrant dans son bureau.

_Es tu sûr de ta décision ? Nous avons bâti l'entreprise ensemble. Si tu pars tout sera chamboulé.

_Mais non. Arrête de dire des sottises. Millicent me remplacera, c'est pour cela qu'elle a été engagé.

Jack qui l'avait suivi et s'était installé dans le canapé à coté du téléphone, fronça les sourcils quand il l'entendit faire cette déclaration.

_Ma décision est prise je ne reviendrait pas là-dessus. Je veux passer à autre chose et arrêter de risquer ma vie.

De quoi parlait elle ? La seule chose qu'il est retenu était que Millicent la remplaçait. Voulait elle quitter l'entreprise ?

_Bon je dois te laisser Mitch, j'ai de la vite…Oui moi aussi…Au revoir.

Elle raccrocha et fixa Jack.

_Allez dis ce que tu as à dire. J'ai déjà eu un essai avec Mitch, dit-elle en s'asseyant à coté de lui.

_Pas la peine, j'ai compris. Mais pourquoi ?

_Chez Fineli j'ai pris conscience des risques que je prenais. Hors depuis un moment je souhaite me ranger et fonder une famille. Il faut donc que j'arrête ces âneries. Ca m'étouffe.

Jack se remémora tout ce qu'ils avaient traversé ensemble. Elle lui avait sauvé la vie tant de fois, beaucoup plus que lui en tout cas.

_Tu vas me manquer.

_Ne dis pas de bêtises. On n'a pas besoin de cette entreprise pour se voir. Tu fais parti de ma vie comme Mitch. La seule différence est qu'on ne travaillera plus ensemble.

_Justement c'est ça qui va me manquer.

C'est à ce moment précis qu'il prit conscience de la beauté de Cassy. Adolescente, elle était déjà belle, mais elle gardait encore son visage enfantin. Il avait donc pensé à la protéger. Depuis il la considérait comme sa petite sœur.

Aujourd'hui dans sa robe d'été qui soulignait ses courbes, elle n'avait plus rien d'enfantin. ''*Jack réveille toi, ce n'est que Cassy.*'' Mais ses yeux glissèrent sur ses lèvres et la tentation fut trop forte. Il oublia tout ce qui n'était pas Cassy, glissa son bras autour de sa taille et captura ses lèvres.

99

Jamais elle n'aurait pu imaginer que ses émotions pouvaient prendre une telle intensité. Son baiser était tendre, protecteur. Elle se sentait en sécurité dans ses bras. Lorsque Jack força le barrage avec sa langue, elle crut s'évanouir. Il la renversa sur le canapé et continua son exploration en déposant des petits baisers le long de son cou. En l'entendant gémir, il commença à lui déboutonner son chemisier.

C'est alors que Cassy reprit pieds à la réalité. Qu'étaient ils en train de faire ?

Elle le repoussa afin de se redresser, mais il résista.

_Jack ! Arrête, nous ne pouvons pas faire ça.

Il se redressa enfin les sourcils froncés.

_Et pourquoi ? Ne me dis pas que tu n'as pas envie.

_Je ne veux pas gâcher notre amitié à cause d'une partie de jambe l'aire.

Elle avait surtout peur de souffrir encore plus lorsqu'il aura eu son dû et qu'il la quittera. Jack ne s'engageait jamais, il collectionnait plutôt les aventures sans lendemain. Mais ce n'est pas ce qu'elle voulait.

_Notre amitié ne sera pas gâchée, je te l'assure.

_Je ne veux pas être une conquête de plus à ton tableau de chasse, c'est tout.

_Je vois que tu as une piètre opinion de moi. Je préfère m'en aller avant d'entendre d'autres sornettes.

_Tu veux me faire croire que ce n'était pas ton intention ?

Arrivé à la porte il se retourna et lui répondit :

_Loin de là. A plus tard Cassy.

Et il sortit sans un mot de plus. Que voulait-il dire par là ? *"Oh ! Ne te fais pas d'illusion Cassy, Jack ne peut ressentir la même chose que toi."*

Dorénavant elle devra à tout pris éviter de se retrouver seule dans la même pièce que lui. Mais pourquoi avait-il tout gâché avec ce baiser ? Un baiser qui lui donnait encore des frissons rien qu'en se le remémorant.

Il fallait qu'elle parle à la seule personne qui l'écoutait et qui la comprenait.

_Allô maman ?

_Bonjour ma chérie, quel plaisir de t'entendre ! Alors, comment vas-tu ?

_Bien. En faite non rien ne va. Elle se mit à sangloter et lui raconta ce qu'il venait de se passer avec Jack. Seule sa mère était au courant de ses sentiments envers cet homme.

Elle continua sa conversation téléphonique puis raccrocha après avoir été réconforté.

Dès que le procès aura prit fin, elle devra déménager et ne plus avoir de contact avec Jack, sinon elle se détruira à petit feu.

Chapitre VI

Quatre mois plus tard...

Jack était d'une humeur massacrante. Cassy l'évitait sans cesse. Une semaine plus tôt, Mitch, Cassy et lui-même avaient assisté au dernier procès des Fineli sans être vu bien évidemment. Grâce au témoignage de Cara, le gang avait été dissout. Quand à Giovanni Fineli, il fut condamné à vingt ans de prison.

Ce fut une bonne nouvelle mais Cassy avait gâché cette journée. Elle ne lui avait pas décroché un mot et avait tout fait pour l'éviter. Elle agissait ainsi depuis qu'il l'avait embrassé ou plutôt qu'ils s'étaient embrassés. Ne lui avait elle pas répondu au baisé ?

De plus au boulot ce n'était plus pareil sans elle. Millicent était douée mais pas autant que Cassy. Les missions étaient moins amusantes et il n'était jamais d'accord avec elle. Ils avaient même faillit faire échouer leur dernière mission.

Il fallait qu'il la voie et qu'ils s'expliquent. Elle ne voulait pas gâcher leur amitié à cause du sexe, mais n'est ce pas ce qu'elle était en train de faire sans coucherie ?

_Jack, nom de Dieu ! Tu m'écoutes ?

_Oui Mitch, je ne fais que ça, répondit-il excédé par l'interruption de ses pensées.

_Qu'est ce qu'il t'arrive ? Je ne t'ai jamais vu aussi ronchon.

_Je ne suis pas ronchon, c'est ta sœur ! Elle m'évite et ne m'adresse plus la parole. A croire que je suis un monstre.

Mitch se mit à rire.

_Je peux savoir ce qui te fait rire ?

_Tu te souviens de votre première rencontre. C'était pour mes vingt-deux ans. Dès que je t'ai présenté, elle s'est métamorphosée. Pendant la semaine qui suivie, elle était tout le temps en train de rêver. Elle n'a jamais voulu me l'avouer mais elle est amoureuse de toi.

_Tu raconte n'importe quoi. Depuis qu'on se connaît, elle est sortie avec pas mal de gars… Non c'est impossible.

_C'était pour se voiler la face. Tu devrais savoir qu'avec ce métier on est devenu de très bon comédien. Vas lui parler.

_Non. Si elle ne veut plus me parler, je ne la forcerais pas à le faire.

Serait-ce pour cela qu'elle avait pris peur lorsqu'ils s'étaient embrassés ? Non, elle lui avait dit qu'elle voulait conserver leur amitié. Mais pourquoi le considérait-il comme un étranger aujourd'hui?

103

Mitch regarda son meilleur ami de longue date, sortir de son bureau. Il avait aussi constaté le changement d'attitude. Mitch avait souvent souhaité que Jack devienne son beau frère. Il savait qu'ils étaient fait l'un pour l'autre. D'ailleurs n'avait-il pas réagit comme Cassy lorsqu'il avait rencontré Kate. Il avait eu peur que ses sentiments soient à sens unique. Mais ils avaient discuté et aujourd'hui il était marié à cette femme qui portait son enfant.

Il fallait qu'il résonne Cassy. Il se rendit à sa porte et sonna.

Personne !

Il fit le tour de la maison puis frappa à la porte donnant au jardin. Celle-ci s'ouvrit au premier coup. Il n'était pas dans les habitudes de Cassy de laisser ses portes entrebâillées. Lorsqu'il entra, il fut surpris de voir tous les livres de la bibliothèque étalés au sol. Le canapé était renversé. Mais qu'est ce que cela voulait dire ?

Il prit son portable et appela Jack sur le champs.

_Jack ? C'est Mitch. Tu peux venir me rejoindre c'est urgent. Je suis chez Cassy.

_Tout va bien ?

_Je ne sais pas encore. Ramène toi le plus vite possible !

Cinq minutes plus tard Jack garait sa moto qu'il s'était offert récemment, devant l'allée de Cassy.

_Je ne comprend pas ce qui se passe. Cassy n'est pas chez elle, la porte de derrière n'était pas fermée et regarde moi ce chantier.

Jack regarda autour de lui.

_Tu crois qu'elle a été cambriolé ?

_Je l'ignore, mais on dirait bien.

_Tu as essayé de lui téléphoner ?

_Oui et je n'ai eu que son répondeur. Mais où est-elle nom d'un chien ?

C'est alors que le téléphone se mit à sonner, Mitch alla répondre :

_Monsieur Scott ?, demanda une voix cynique.

_Lui même, qui est-ce ?

_Votre mission a été un grand succès je dois bien l'avouer. Grâce à vous je connais la faiblesse de mon gang, mais sachez que je connais aussi celle de votre entreprise.

Mitch mit le téléphone sur haut parleur pour que Jack entende la conversation.

_Fineli ? Comment savez vous qui nous sommes ? Y aurait-il une fuite en prison ?

Fineli ricana :

_Vous n'êtes peut être pas aussi intelligent. Sachez que je me suis évadé et qu'en ce moment je suis avec Fiona, ou devrais-je dire Cassandra.

Jack intervient :

_Si tu lui fais du mal Fineli…

_Crois- tu que j'ai attendu tes menaces connard ? Maintenant passons au deal.

_Il n'y aura pas de deal !

_Très bien *Jack*, alors je vais me débarrasser d'elle puisqu'elle met inutile.

_Non ! N'écoute pas Jack, c'est moi le patron. Dis moi ce que tu veux.

_Libérez mon cousin et retirez la plainte du maire. Est-ce clair ?

_Nous ferons notre possible. Mais nous garderons Carlos avec nous pour l'échange. Dis nous où et quand.

_Je vous contacterais dès qu'il sera libéré. Et il raccrocha.

Jack sortit de la maison en claquant violemment la porte derrière lui. Mitch appela la CIA, il voulait savoir pourquoi ils n'avaient pas été mis au courant de l'évasion de Fineli. On lui informa qu'il s'était évadé le matin même. Un message avait été laissé au bureau deux minutes après qu'il soit parti. Mitch leur expliqua les conséquences de son évasion. A la fin de son récit, la CIA accepta de leur confier Carlos. Ils devront allés le chercher le lendemain après midi. Il coupa la communication et alla rejoindre Jack.

Il était assis sur le banc face à la rivière qui traversait le jardin.

_C'est de ma faute, si on ne s'était pas embrassé, on aurait déjeuner ce midi normalement, comme tous les vendredis. Et elle serait avec nous, pas entre les mains de ce type.

_Ah c'est donc ça. J'aurais dû m'en douter. Mais arrête de dire ces conneries. J'ai appelé la CIA, ils ont appelé au bureau deux minutes après mon départ. Ils vont nous faire sortir Carlos. Pendant ce temps on va trouver Cassy.

106

_Et si on ne la localise pas, s'il la tué avant qu'on arrive…

_Arrête Jack ! Tu connais les risques du métier. Cassy m'a prouvé qu'elle pouvait se débrouiller seule. Et c'est toi qui me reprochais de ne pas lui faire assez confiance autrefois ?

_Excuse-moi. C'est juste que je ne le supporterais pas si elle en mourait.

_Tu l'aime n'est ce pas ? Et je ne parle pas d'amour fraternel.

Jack n'eut pas le besoin de lui répondre, Mitch l'avait compris dans ses mots.

_Millicent est en mission, elle ne pourra pas nous aider. On devra se débrouiller tous les deux. Mais pour l'instant rentre chez toi, tu devrais te reposer un peu et surtout te calmer. Tu dois garder ton sang froid. Rejoins moi à mon bureau demain matin.

_Non je ne pourrais pas dormir…

_Jack tu rentre chez toi c'est un ordre ! coupa-t-il. Je vais bosser sur ce dossier toute la nuit, et demain tu devras prendre le relais pendant que je me reposerais. Il faut qu'on la retrouve le plus vite possible. Et si tu n'es pas en forme, on perdra du temps.

_Tu as raison. A demain.

Il quittèrent la maison et prirent chacun leur direction.

Jack ne supportait pas cette situation. Cela faisait déjà quatre mois qu'il était rempli de remord. S'il avait avoué à Cassy qu'elle n'était pas qu'une simple passade, peut être que les choses se seraient passées différemment.

Mais il avait préféré ne rien dire par fierté.

Il était allé se coucher mais n'avait pratiquement pas dormit. A six heures du matin il alla rejoindre Mitch, il n'en pouvait plus d'attendre.

Il était en train de lire une feuille lorsque Jack arriva. Lorsqu'il toqua à la porte, Mitch releva la tête. Ses yeux étaient cernés témoignant d'une longue nuit de recherche.

_Ah Jack ! Je crois avoir trouvé quelque chose. Viens, assieds-toi. Tu veux un café ?

_Laisse je vais me servir. Je t'en sers une tasse ?

_Non merci, je crois avoir eu ma dose de caféine.

_Allez dis moi ce que tu as découvert, après tu ira te reposer car tu as vraiment une sale tête.

_Merci, ça fait toujours plaisir d'entendre des mots gentils. Bon j'ai fouillé dans le passé de Fineli. Lorsqu'il s'est marié, il avait acheté une maison de campagne car se femme voulait vivre normalement. Peu de temps après le décès de sa femme, il s'en est débarrassé. Le problème est qu'il n'y a aucune trace de la revente.

_On a le nom de l'agence qui s'en est chargé ?

_Oui, tout est dans ce dossier.

Mitch lui tendis la chemise en carton contenant les informations. Jack le prit et le consultât.

_Je l'appellerai dès son ouverture, si elle n'est pas vendu comme il a voulu le faire croire, c'est peut être l'endroit où il se cache avec Cassy.

_Dès que tu as du nouveau sur cette maison, tu me contact.

_Je veux surtout que tu te repose, tu ne me sera d'aucune utilité si tu es mort de fatigue. Tu te souviens ? Ce sont tes propos d'hier.

_Je ne sais même pas si je vais réussir à dormir.

_Fais le pour Cassy.

_C'est ce que tu t'es mis dans le crâne hier soir ? Et ça a marché ?

_Oui ! mentit-il.

En réalité il n'avait fait que des cauchemars. En revanche, ce n'est plus ses parents et sa sœur qu'il voyait, mais Fineli qui torturait Cassy, et il se réveillait en sursaut à chaque fois qu'elle allait mourir. Ca lui est arrivé quatre fois. Mais une nuit mouvementée ne l'empêchait pas de récupérer. C'était devenu une habitude.

_Dépêche toi ! Kate doit bien avoir besoin d'être rassuré, elle est devenue très émotive depuis qu'elle est enceinte.

_Je reviens vers quatorze heures.

_Et c'est ça que tu appel te reposer ?

Mitch s'en alla en riant, mais Jack ne se voilait pas la face, son ami était plus inquiet pour sa petite sœur qu'il ne voulait lui faire croire.

Cassy ne s'était jamais sentie aussi effrayée. Pourtant elle avait prit beaucoup de risque dans certaine mission. Mais en ce moment elle prenait conscience que la mort n'était pas évitable.

Hier encore elle errait tranquillement sur le marché, lorsque tout à coup, elle avait ressenti une forte douleur dans la nuque, puis tout était devenu noir.

Lorsqu'elle était revenue à elle, tous ses membres étaient ligotés à une chaise. C'est alors qu'elle avait reconnu Fineli.

_Alors *bella*, tu pensais te moquer de moi aussi facilement ?

_Comment peux tu penser qu'une femme puisse te désirer ?

Fou de rage, Fineli la frappa d'une telle force qu'il lui ouvrit la lèvre.

_Tu ne t'en sortira pas. Même la mafia peu perdre.

_Ah oui ? Et comment pense tu m'arrêter ?

_Tu le saura bien assez tôt.

_Suis-je bête ! Tu dois faire allusion à ton frère et Jack, non ? Et oui, je connais votre petite entreprise.

_Comment as-tu su qui on était ?

Fineli se mit à rire.

_Après l'évasion, je me suis rendu chez l'avocat du maire. Il avait tellement peur que je le tue qu'il m'a tout expliqué. Mais il a oublié que je ne laissais aucune trace derrière moi.

_Tu ajoute homicide volontaire à ta condamnation ? Tu vise la peine de mort à ce que je vois.

_J'espère que ton frère aura le bon sens de collaborer avec moi.

_Il te tuera dès qu'il en aura l'occasion.

Il lui donna une nouvelle gifle.

_Ose encore me parler sur ce ton chérie et tu passera un mauvais quart d'heure. Sur ces mots il avait quitté la pièce et ne l'avait plus revu.

Elle ne su combien de temps il s'était passé depuis son départ, mais il lui parut interminable.

Ligoté sur une chaise, elle sentait les cordes lui atrophier les poignées et les chevilles. Elle regarda autour d'elle, elle se trouvait dans l'obscurité totale. Elle ne pouvait donc pas savoir s'il y avait un moyen de sortir. Fallait-il encore qu'elle arrive à se libérer.

Elle espéra de tout cœur que Mitch et Jack réussissent à la retrouver.

Elle sursauta lorsqu'elle entendit le verrou de la porte tourner, laissant ainsi le passage à Fineli avec un plateau à la main.

_Il ne faudrait pas que je te néglige, sinon tes amis interrompra la transaction, s'ils apprenaient que tu es mourante de faim, ricana-t-il.

_Quelle transaction ?

_Crois-tu que je t'ai kidnappé parce que je veux absolument t'épouser ? dit-il en continuant de rire. La survie est primordiale qu'une simple potiche, *bella* !

Et sans rien ajouter de plus, il l'a nourrit ne voulant prendre aucun risque en lui libérant les mains.

Pourquoi leur fallait-il autant de temps pour retrouver des papiers. Aujourd'hui avec l'informatique tout devrait être fait très rapidement. C'est alors que Jack aperçut Mitch sous l'embrasure de la porte du bureau.

Il avait deux heures d'avance et d'après l'état dans lequel il se trouvait, il n'avait pas beaucoup dormit.

_C'est ça quatorze heure ?

Mitch se servit du café et alla s'installer en face de son ami.

_J'avais pas de sommeil et tourner en rond n'est pas mon truc. J'ai préféré venir te donner un coup de main. Alors ? Ca avance ?

_J'ai appelé l'agence immobilière, et ça doit bien faire trois heures que j'attends leur réponse.

Comme appelé par télépathie, le téléphone se mit à sonner.

_Oui, j'écoute… Oui c'était bien moi… Hum… Vous en êtes sûr ?... Très bien. Pourriez vous me faxer ces documents ?... Bien je vous donne le numéro…

Lorsqu'il raccrocha, il sourit.

_Fineli n'a pas vendu la maison. Il s'est désisté à la vente et a voulu garder cette affaire secrète. Il doit sûrement cacher Cassy là bas.

_Super ! Dès qu'on a les documents on décolle.

_On ? Tu n'es pas retourné sur le terrain depuis six ans.

_Et alors ? Je n'abandonnerais pas ma petite sœur ! De plus, tu ne pourras pas tout gérer seul. Il faudra que je couvre tes arrières.

Jack acquiesça de la tête.

_Mais nous devons d'abord aller chercher ce Carlos.

Quelques secondes plus tard ils reçurent le fax. La maison se trouvait à une centaine de kilomètre, en plein milieu d'un bois.

112

Ils devaient compter trois quarts d'heure à une heure de route.

_Jack ! A quoi bon embarquer Carlos avec nous, alors que nous savons maintenant où se cache Fineli ?

_Réfléchis ! Il a dit qu'il nous contactera dès qu'il sera libéré. Il sait quand il sortira. Si Carlos n'est pas libéré au plus vite, il se doutera de quelque chose. Il n'est pas stupide, il pense bien que nous essaierons de lui ramener Carlos le plus vite possible.

Mitch était nerveux. Il admirait Jack de garder la tête froide dans ces moments les plus difficiles. Mais il l'avait toujours connu ainsi.

Deux heures plus tard, ils discutaient avec le chef de la CIA. Carlos menotté, se tenait à leur coté. Le coup de fil de Fineli n'allait pas tarder.

_Vous devriez travailler avec nous, vous courrez un grand risque en n'y allant qu'a deux.

_Nous avons l'habitude de travailler ensemble. Et nous préférons travailler seul, répondit Mitch.

_Je ne suis pas de votre avis. Ce type peut avoir du renfort. Et Cassandra est notre ancienne collègue. Nous nous sentons forcément concerné.

_Nous savons ce que nous faisons. On n'a jamais eu besoin de qui que ce soit, s'écria Mitch.

_ Mitch, garde ton sang froid, l'apostropha Jack.
Puis il s'adressa à l'agent Jenkins :

_ Par sécurité, nous préférons y allez que nous deux. Dieu sait comment il régira s'il vous voit avec nous.

_Très bien ! Alors bonne chance, mais restez en contact si ça tourne mal.

Ils retournèrent dans la voiture et prirent la direction du bureau dans l'attente de l'appel.

_D'accord, on doit prendre son appel et ensemble pour qu'il ne se doute de rien. Mais je ne comprend pas pourquoi nous n'allons pas directement chercher Cassy.

_La maison est un plan de secours au cas où la transaction se passerait mal. Tu devrais retourner sur le terrain plus souvent, ça ne te réussi pas le bureau.

Carlos assis à l'arrière se mit à rire. Jack se retourna et le foudroya du regard.

_Qu'est ce qui te fait rire ?

_Tu pense que Giovanni te laissera en vie ? Dès que je ne serais plus entre vos mains, il vous tuera tous les trois.

_Tu veux dire tous les quatre. Tu ne sais pas garder ta langue, Fineli doit avoir peur de ce que tu peux avoir à dire aux flics. Il voudra sûrement se débarrasser de toi. Tu ferais mieux de nous écouter si tu veux garder la vie sauve.

_Tu dis ça pour assurer tes arrières.

_Ah oui ? Alors explique moi pourquoi il libère son cousin qui ne lui a apporté de sacrés ennuis plutôt que son frère, qui lui restera une tombe même s'il devait être torturé ?

Carlos se renfrogna. Les arguments de Jack était très, et même trop convainquant.

Arrivés au bureau de la CMJ's protection, ils attachèrent Carlos à une chaise où il s'était assis. Ils attendirent seulement dix minutes avant que le téléphone se mit à sonner.

_Ici Scott, j'écoute !

_Monsieur Scott, ricana Fineli. Vous avez enfin libéré mon cher cousin. Il ne vous restait qu'une heure avant que je ne change d'avis et m'en charge moi-même. Bien entendu je me serais débarrassé de cette traîné.

_Si je la retrouve défigurée je te plante une balle entre tes deux yeux et...

Jack lui arracha le téléphone, et enchaîna d'un ton rassurant :

_Fineli ne te préoccupe de ce qu'il dit. Je m'assurerais moi-même que la transaction soit faite dans les bonnes conditions. Mais il faut que tu sois réglo !

_Ne t'inquiète pas Jack. Bien, rendez vous dans une heure derrière le bar de la vingt cinquième avenue.

Et il raccrocha.

La porte s'ouvrit à la volé laissant place à un Fineli hilare. Il s'approcha et c'est à cet instant qu'elle remarqua le couteau. Qu'est ce qui lui prenait ?

_Ah ! Si tu savais *bella*... Ton frère et son acolyte sont de vrais imbéciles.

Et il se remit à rire.

_Qu'est ce que tu fais avec ce couteau ?

_Ne t'inquiète pas je ne vais pas trancher ta jolie gorge, même si je suis bien tenté. Je vais te détacher de cette chaise, nous allons nous promener.

_Quoi ? Mais qu'est ce qui te prend ?

115

Cassy commença à suffoquer. Son heure était arrivée, elle en était sûre. Il fallait qu'elle trouve d'urgence une solution.

_Ferme là Scott ! Si tu ne veux pas avoir d'autre problème, obéis et tout se passera bien.

_Vas te faire f...

Elle n'eut pas le temps de finir son insulte que Fineli la gifla de toutes ses forces.

_*Idiota* ! Ils ne risquent pas de te reconnaître avec ce visage bien coloré.

Sans ménagement il la releva et la poussa vers la sortie de la maison. Installés dans la voiture, ils prirent le chemin du point de rendez vous.

De son coté, Cassy souffrait de toutes ses blessures. Fineli s'était bien vengé d'elle. Depuis son kidnapping, à chaque fois qu'elle osait lui répondre ou l'envoyer paître, il n'hésitait pas à lever la main.

Encore même à cet instant il la torturait. La corde qui lui attachait les poignées était tellement serrée, qu'elle saignait et ne sentait plus ses doigts.

Il fallait qu'ils la retrouvent, qu'ils la sortent de là. Si seulement elle avait mieux réagit au baisé de Jack. Si seulement elle prenait sa vie en main...

Chassant ses pensés, Cassy se tourna face à la vitre et regarda le paysage défilé.

_Fiona avait la langue plus pendue que toi. A moins que ce ne fut pour connaître tous les secrets de mon manoir.

La jeune femme se retourna et le regarda furieusement. Sans dire un seul mot, elle contempla à nouveau le paysage.

_Hum… J'espère que tu n'as pas perdu ta langue sinon *Mitch* et *Jack* risquent de ne plus vouloir de toi et annuler la transaction, dit-il en riant.

Se retournant brusquement elle lui lança :

_Je ne sais pas de qui tu parles alors fou moi la paix !

_Arrête ta comédie ! Je connais tout de toi de l'entreprise dans laquelle tu travaillais. La CMJ's protection, c'est ça ?

Sans attendre sa réponse il enchaîna :

_Ainsi que les noms de toutes les personnes qui t'entourent. C'est-à-dire ton frère Mitch Scott et son meilleur ami Jack Clency. En ce moment même ils sont sur la route pour nous rejoindre derrière un bar.

_Qu'est ce que tu attends de nous ? De l'argent ?

_Tu devrais moins regarder les films policiers. Non, je demande le blanchissement de mon casier, et aider mon frère à s'évader. Par la même occasion, je vais aussi me débarrasser des gens qui ne m'apportent que des problèmes.

_Comme nous ? De toute façon les ordures de ton genre tue tout ce qui les entoures.

_Tais toi si tu ne veux pas d'autres problèmes.

Cassy se mit à rire. Elle ne su pour quelles raisons, mais ça lui faisait du bien. Toutes les tensions, les peurs et la colère s'évacuèrent dans son fou rire.

_La ferme *Dio mio* !

Mais rien n'y fit, pas même le ton menaçant de Fineli. Sans crier garde il lui envoya une gifle magistrale qui la projeta contre la vitre. Le silence tomba.

_On n'est jamais mieux tranquille que quand ces bécasses se taisent !

Il tourna au coin de la rue et arriva au point de rendez vous.

Chapitre VII

_Il a vingt minutes de retard. Qu'est ce qu'il fou ? Tu crois qu'il va nous faire faux bond ?

Mitch continua à faire les cent pas. Chose qu'il ne cessait de faire depuis ces vingt longues minutes.

_Mitch, sois patient. Il doit sûrement le faire exprès pour mettre nos nerfs à rude épreuve. Il est obligé de venir.

Mitch s'arrêta enfin et le dévisagea.

_Qui veux tu convaincre ? Il se retourna et regarda dans la direction de leur véhicule. Carlos a l'aire de bien dormir, tu n'as pas lésiné sur ton gauche.

_ Il m'a fait sortir de mes gongs en comparant Cassy avec une catin, répondit il en regardant se main légèrement égratignée. Même s'il fait parti de la mafia, il ne lui arrive pas à la cheville.

Quelques minutes plus tard, ils aperçurent enfin un véhicule tourner dans cette rue déserte. Sur la défensive, ils mirent tous deux la main sur leur arme rangé dans leur dos. La berline noire aux vitres teintées se gara en marche arrière. Jack fronça les sourcils.

_ Pourquoi prend-t-il la peine de se garer prêt à partir ? Prépare toi au pire. Surtout qu'on n'a pas pu lui avoir aussi vite l'accord de la CIA pour le blanchissement de son casier.

Mitch acquiesça.

Fineli sorti de la voiture, précédé par Cassy qui lui servait de bouclier humain. Le visage de la jeune femme était rempli d'ecchymoses et de contusions. Sans réfléchir, Mitch bondit mais Jack le retint à temps.

_Lâche moi ! lui intima-t-il.

_Ne sois pas stupide. Agresse le et il te tue sur le champ, au pire il tuera Cassy.

Ses paroles firent effet sur Mitch qui se renfrogna et recula. *"Cassy n'était vraiment pas jolie à voir. Cela ne faisait que deux jours qu'elle ait été kidnappé. Il en avait profité pour se venger de sa trahison. Quelle ordure !"* pensa Jack.

Fineli pointait son arme sur la gorge de la jeune femme, et la forçait à avancer.

_Où est Carlos ? tonna Fineli.

Mitch se retourna et alla ouvrir la portière.

_Aller descends ! Ton cher cousin est enfin arrivé. Mais on aurait peut être dû te réserver la même correction qu'il a fait à ma sœur. Avance!, ajouta-t-il en le poussant vers Jack qui le rattrapa sans ménagement.

Mitch n'avait qu'une envie, celle de torturer Fineli jusqu'à ce qu'il demande grâce. Cette ordure paiera pour avoir levé la main sur sa sœur.

De son coté, Jack culpabilisait de plus en plus en voyant Cassy dans un tel état. Depuis son arrivé il ne la quittait pas des yeux. Tout se lisait dans son regard. Elle était terrifiée. C'est à cet instant qu'il prit conscience qu'avant d'être un agent elle était aussi humaine. Durant toutes les missions qu'ils avaient partagé, jamais elle n'avait défailli. Il se détourna pour surveiller les gestes du mafieux.

_Je vois bien Carlos. Mais pour l'affaire du maire, vous m'avez blanchi ?

Les deux hommes échangèrent un regard.

_Tout est en ordre, bluffa Jack.

Ce qui valu le regard assassin de Mitch. Ce qui n'échappa pas au mafieux.

_Je vois que je ne peux vous faire confiance...

Il lui tira les cheveux lui faisant tourner son visage face au sien, et ajouta d'un ton cynique :

_Moi non plus je n'ai pas confiance aux mouchards.

Il leva son arme et tira sur Carlos en plein cœur. Alors que Mitch et Jack se dissimulèrent derrière leur véhicule,

Fineli en profita pour envoyer une grenade. Cassy ne pu en profiter pour s'éloigner, car le mafieux avait pris soin de la menotter à son poignée.

_Jack ! cria Cassy lorsque Giovanni l'entraîna à sa suite dans la voiture pour prendre la fuite.

_Grenade ! Mitch couvre toi !

121

Ils n'eurent que le temps de s'éloigner avant l'explosion. Lorsqu'ils se relevèrent sur leurs jambes, ils virent leur ennemi démarrer comme un fou.

_Il retourne à sa cachette. Mitch appel les renforts !

Celui-ci n'eut pas le temps de réagir que Jack s'éloigna.

_Jack non ! Attend !... Et merde !

Mitch s'approcha de Carlos, mais l'explosion et la balle ne l'avaient pas épargné. Il prit son téléphone portable et contacta la CIA. Il leur informa l'échec de la transaction et de la fuite de Fineli. Il donna l'adresse de la cachette et raccrocha.

Il devait rejoindre son ami au plus vite. Comment savoir si Fineli était seul…

Jack couru le plus vite possible pour rejoindre la grande avenue devant le bar. Une moto était arrêtée au feu. Il sorti l'insigne de l'entreprise et enfourcha l'engin. Sans attendre le feu vert, il démarra en trombe, ne prenant garde aux excès de vitesses.

Evitant de justesse un accident, il continua à prendre des risques.

Il ne pouvait pas se permettre de perdre du temps, la vie de Cassy en dépendait. Il ne voulait pas que l'histoire se répète, même s'il ne considérait plus vraiment Cassy comme sa sœur. Il fallait qu'elle reste en vie pour qu'il lui dise la vérité.

Il arriva assez vite à la maison de campagne de Fineli. Pour que ce gangster ne sache pas qu'il ait été suivi et que sa cachette ait été découverte, Jack abandonna la moto à quelques mètres du pavillon.

Lorsqu'il s'approcha de l'habitacle, il aperçut le véhicule de Fineli. Il scruta les fenêtres qui offraient une vue sur l'auto, mais les volets étaient tous entrebâillés n'offrant aucune visibilité aux occupant.

Il en profita pour aller percer le réservoir d'essence, à l'aide du poignard qu'il conservait dans ses bottes. Il valait mieux qu'il ne puisse pas les poursuivre.
Il prit son CZ75 qu'il avait conservé dans son dos, et s'avança.

Lorsqu'il longea le dessous des fenêtres, il entendit un cri terrassant. Cassy ! Il devait vite passez à l'action avant que cette ordure ne la tue avec ses coups.

Il ouvrit la porte d'entrée et s'orienta au son des cris de la jeune femme.

_ Espèce de salle garce ! Essais encore une fois de t'enfuir et je te tue.

_Lâche moi ! Non !

Ce hurlement se termina par un fracas de verre. Jack se précipita tout en faisant attention de ne pas être repéré. Adossé au mur du hall donnant sur le salon, il remarqua quelque marque de sang. Etait ce celui de Cassy ? Ou de Fineli ?

Il prit une forte inspiration et compta jusqu'à trois. Il pivota faisant ainsi son entrée et braqua son arme devant lui.

La scène était épouvantable. Fineli tenait son amie ensanglantée par le cou et pointait son arme sur la tempe.

123

Mais à son apparition, Fineli se plaça derrière elle, l'utilisant comme un bouclier humain.

_Tiens Jack. On peut dire que tu es surprenant, n'est ce pas *puttana* ?dit-il en pointant un peu plus son arme sur sa temps. Alors, dis moi comment nous as-tu retrouvé ?

_ Ta plus grande erreur a été de mettre en vente cette maison puis te désister en cachette.

Fineli se mit à ricaner.

_ Sono stupido ! Je m'incline vous êtes assez malin dans vos recherches. Mais pas assez pour garder les gens en vie.

Cassy ne le quittait pas des yeux. Mais comment pouvait elle rester aussi calme alors qu'elle avait le visage tuméfié et une fracture ouverte au bras visiblement.
Il ne pouvait supporter qu'elle souffre ou qu'on la maltraite. Depuis toujours il sentait le besoin de la protéger. Cassy était sa petite sœur par substitution.
Non ! Il ne l'aimait pas comme un grand frère, il l'aimait comme un homme aime son âme sœur.

Il ne su à quel moment il était tombée amoureux de la jeune femme. Il devait la sortir de là, et le plus vite possible.

Mais comment ? Cette arme que Fineli pointait à sa tempe n'apportait aucune solution à Jack.

_*Dio mio*, qu'est ce qui t'arrive Jack ? ricana-t-il. Tu te retrouve dans une mauvaise posture, n'est pas ? Ce serait dommage qu'elle meurt par ta faute.

Il termina sa phrase en appuyant un peu plus le revolver sur la tempe blessée.

124

Celle-ci gémit sous la douleur. Mais chercha de nouveau à capter son regard.

_Qu'est ce que tu attends ? Tu n'as pas le choix ! Dans tous les cas on reviens au même résultat, intervient la jeune femme.

Surpris par son discours, Jack rétorqua :

_Ferme la !

Mais Jack s'interrompit lorsqu'il distingua le clin d'œil de Cassy. Elle voulait créer un conflit pour désorienter Fineli. Il lança :

_Tu n'as jamais été pro ! Regarde dans quel bordel tu nous mets. Il baissa son arme et continua à l'attention du mafieux :

_Tu peux la tuer, on a une remplaçante beaucoup plus professionnelle.

_Tu me prend pour un imbécile ? Si je la descends, tu me collera une balle. Peut être que c'est toi que je dois tuer en premier.

Mettant les paroles aux gestes, il dirigea son arme sur Jack. C'est alors que Cassy passa à l'action. Elle bloqua le bras du mafieux de sa main valide. Pendant ce temps, Jack visa Fineli et dès qu'il l'eut dans son champ de tire, il appuya sur la gâchette. La balle atterrie en pleine poitrine du bandit qui tomba au sol.

Cassy se retrouva libérée et se rapprocha de son ami qui l'a pris dans ses bras.

_Je n'ai jamais été pro ?

_Oh Cassy, tais toi !

Il repoussa la jeune femme, prit son téléphone et appela les urgences.

125

_Il faut une ambulance…

Il commençait à communiquer l'adresse à son interlocuteur, lorsque tout à coup il entendit Cassy hurler qui se perdit dans le son de deux coups de feu. Avant qu'il n'ait pu réagir il se retrouva encerclé par Cassy qui reçu la balle qui lui était destiné.

_Cassy ! Non !

Comme elle ne tenait plus sur ses jambes, Jack la retint. La balle s'était nichée dans son abdomen. Mitch qui avait tiré le deuxième coup qui fut fatal à Fineli, se précipita sur sa sœur.

_Jack appui sur sa blessure. Jack !

Mais Jack était tétanisé, il fixait la jeune femme. Il sentit seulement que Mitch le repoussait pour pouvoir compresser la blessure.

_Merde Jack ! Pourquoi est ce que tu es parti seul ? Regarde où on en est ! As-tu appelé une ambulance ?

Jack réagit.

_Oui je venais de leur donner l'adresse quand…

Il s'interrompit lorsque Cassy toussa.

_Jack, ce n'est pas de ta faute. Tout va bien, l'a rassura-t-elle. Puis elle s'évanouit.

_Cassy ouvre les yeux, je t'en supplie regarde moi !

C'est à ce moment là que les ambulanciers firent leur entré.

_Jack pousse toi ! Laisse les l'emmener.

Assis à même le sol, il l'a gardait toujours dans ses bras.

_Monsieur, plus vite nous l'emmèneront mieux ce sera. Votre collègue est dans un état critique, on ne peut perdre du temps.

Pendant que le premier camion transporta le corps de Fineli en autopsie, Cassy fut transporté d'urgence suivit par les deux hommes.

Déjà trois heures que Cassy se trouvait en bloc opératoire. Mitch revint avec deux cafés, il ne lui avait pas adressé la parole depuis leur départ.

_Qu'est ce qui t'as pris de jouer en solo ? J'espère pour toi que Cassy va s'en tirer.

_Je n'ai jamais souhaité que Cassy se retrouve entre la vie et la mort. C'est justement pour ça que j'ai préféré appeler une ambulance au lieu de désarmer ce type. Avec une balle dans la poitrine, je ne pensais pas qu'il serait encore en vie.

Bouillonnant de colère il se leva et commença à faire les cent pas.

_Tu crois que je ne m'en veux pas en ce moment ? C'est moi qui devrais être à sa place ! C'est moi qu'il visait, merde !

Il donna un violent coup de point au mur dont le plâtre s'enfonça.

_Excuse moi, je… je…, balbutia Mitch.

Jack lui lança un regard noir et sorti.

L'histoire se répétait.

127

Le destin lui avait offert une deuxième sœur, et il n'a pas su la protéger. Mais la question qu'il se posait à présent était de savoir s'il lui avait toujours porté un amour fraternel.

La voir entre les mains de Fineli lui avait provoqué un déclic. Il avait compris à ce moment précis qu'il ne pourrait vivre sans elle.

Perdu dans ses réflexions, il s'aperçut qu'il s'était dirigé vers le parc de l'hôpital. Des personnes âgées se promenaient autour du lac. Sur un banc, des parents profitaient des derniers rayons de soleil en compagnie de leur nouveau né.

C'est alors qu'une image s'interposa dans son esprit. Il voyait Cassy, le visage épanouit portant un sourire éblouissant, bercer un bébé. Leur bébé.

_Nom de Dieu ! Tu divague Jack.

_Jeune homme, est ce ainsi que l'on parle devant une vielle femme ?

Jack n'avait pas remarqué qu'il s'était installé à coté de la veille dame. Elle portait un peignoir, cachant ainsi la blouse que porte les patients.

Confus, il s'excusa :

_Veuillez m'excuser, j'étais perdu dans mes pensés. Je ne m'étais pas rendu compte que je parlais à haute voix.

La vieille dame lui répondit d'un sourire.

_Qu'est ce qui vous tourmente autant, jeune homme ? Vous avez l'air tellement anxieux.

Jack soupira.

_Je ne vais pas vous ennuyer avec mes problèmes. Vous devez bien avoir assez de soucis... Il ne termina

128

pas sa phrase, mais se fit comprendre en désignant son vêtement.

Mais loin de se laisser abattre, la vieille dame se mit à rire et lui répondit :

_C'est une femme n'est-ce pas ? Vous venez d'être père, c'est toujours un tournant dans une vie.

Jack sourit.

_Je préfèrerais être ici pour un événement de ce genre, mais vous n'y êtes pas du tout. Il soupira et se confia.

_La sœur de mon meilleur ami est en ce moment dans un bloc opératoire. Nous travaillons dans la sécurité de citoyens qui font appel à nous. Aujourd'hui elle a reçu une balle dans l'abdomen, et j'ignore encore si elle va s'en sortir. Si elle meurt, ce sera de ma faute.

Cette confidence fut suivit d'un long silence. Jack crut que sa confidente avait pris peur. Mais ce fut le contraire.

_J'ai donc raison. Cela concerne une femme. Vous l'aimez ?

_Je viens seulement de m'en apercevoir au bout de dix ans et vous, en espace de cinq minutes, vous avez tout compris, répondit-il ahurit.

_Je ne suis pas née hier mon garçon. Je peux déchiffrer les sentiments imprimés sur le visage de chacun.

_Pourquoi est ce que je le comprend que maintenant ?

La vieille dame leva sa main pour lui caresser la joue.

_Parfois il suffit de se rendre compte qu'on va perdre quelqu'un de très cher, pour comprendre qu'on l'aime plus que tout. Restez positif, elle va s'en sortir.

Jack la regarda avec reconnaissance. C'est alors qu'il s'aperçut de la présence de Mitch.

129

_Bonjour Madame, excusez moi de vous interrompre, mais puis je vous l'emprunter un instant.

La vieille dame ri et lui répondit :

_Mais faites jeune homme, et j'espère bien que vous lui annoncerez une bonne nouvelle.

Jack l'embrassa sur la joue et s'éloigna avec Mitch.

_Qui est cette femme ?

_Une merveille ! Je viens juste de la rencontrer, mais là n'est pas la question. Il y a du nouveau ?

_Oui. Ils viennent de terminer l'opération. Cassy est en sale de réveille. On pourra la voir dans une heure.

_Mais comment va-t-elle ?

_Elle aura une longue convalescence mais tout va bien. Ils lui ont extrait la balle et ont pu tout refermer sans problème. Pour l'instant elle est encore plongée dans le coma. On attend son réveil.

C'est alors que Jack libéra la pression qu'il accumulait depuis le coup de feu.

Même cette nuit fatale qui avait emporté sa famille, il n'avait pas glissé une larme. Pour la première fois il se laissait aller dans un sanglot réparateur.

_Arrête mec ! dit-il en lui donnant une tape sur l'épaule. Elle est forte. C'est toi qui me le répétais sans cesse, tu te souviens ?

Jack essuya ses joues furieusement.

_Mais elle aurait pu mourir par ma faute.

_Jack ! Dis-toi qu'elle est vivante. C'est tout ce qui compte. Compris ? Et si tu n'étais pas aussi têtu, elle serait certainement morte de ses blessures.

Il acquiesça de la tête.

130

_T'as raison elle est vivante, c'est tout ce qui compte.

_Allez viens. On va vite manger un morceau et on ira voir ce trésor.

Une heure plus tard, avec l'accord du médecin, ils purent rendre visite à Cassy. Tous deux entrèrent dans la chambre.

Allongée sur le lit, un bras bloqué par la perfusion, le visage pale, Cassy était toujours dans le coma. Les médecins pronostiquaient un réveil proche.

Mitch s'approcha et s'installa sur une chaise à coté du lit. Jack alla se poster devant la fenêtre et écouta son ami parler à la jeune femme inerte. Mais au bout de dix minutes, mal à l'aise, Jack sorti de la chambre et se réfugia dans la salle d'attente.

Une heure plus tard, Mitch le rejoignit :

_Tu es resté là pendant tout ce temps ?

_Oui, je ne savais pas quoi faire d'autre.

_Rentre chez toi ! S'il y a du nouveau, je t'appellerai.

_Non merci. Je préfère rester ici.

S'en suivi un long silence entre les deux hommes qui furent interrompu par Mitch :

_Tu sais ce matin, j'ai été injuste envers toi. Avec du recul, je crois que j'aurais fait la même chose.

Cette pourriture l'a tellement défiguré, que moi aussi j'aurais préféré la voir le plus vite possible loin de ce sale type.

Jack soupira et se passa les mains sur le visage.

_Je vais aller la voir un peu. Ce serait peut être le moment de prévenir tes parents, non ?

_Hum ! Je préfèrerais qu'ils ne sachent rien pour l'instant. Tu sais bien qu'ils sont en croisière pour leur anniversaire de mariage. Je ne veux pas leur gâcher le séjour.

_Tu as peut être raison, dit-il avant de prendre la direction de la chambre.

En pénétrant dans la chambre, il se senti de nouveau mal. Bien qu'il ait évacué sa pression lorsqu'il a su que Cassy n'était plus en danger, une angoisse persistait encore au fond de lui.

Jack avait peur que la jeune femme ne se réveille pas, malgré les instructions rassurante des médecins. Mais surtout peur de la perdre, qu'elle ne fasse plus partie de sa vie. *"T'es vraiment qu'un idiot Jack, il faut qu'un drame arrive pour que te rende compte de bien des choses..."* pensa-t-il.

Il se rapprocha de Cassy et lui prit la main. Elle paraissait si menue, alors que cette personne lui avait démontré tant de force. Depuis la création de leur entreprise, elle s'était surpassée pour prouver à son frère qu'elle était professionnelle.

Il s'assit sur le lit tout en faisant attention aux perfusions. Il lui dégagea quelques cheveux sur son visage et lui caressa la joue du dos de la main.

Comme si elle avait ressenti son geste, il vit sur la machine de contrôle, que le rythme cardiaque avait légèrement changé. Jack senti l'espoir le gagner.

Gardant toujours sa main dans la sienne, il lui demanda :

_Poussin, tu m'entends ? Je sais que tu n'aimes pas que je t'appel ainsi, mais je ne peux pas m'en empêcher. Comme je ne peux pas vivre sans toi. Je t'en supplie, réveille toi !

Il se pencha et posa sa tête au creux de son cou.

_Ne me laisse pas. Pas maintenant…

Jack s'interrompit, la main qu'il tenait, avait légèrement bougé.

_ Pousse toi, t'es trop lourd ! lança une voix rocailleuse.

Surpris, Il se releva brusquement pour accrocher le regard vert de Cassy.

_Oh mon Dieu ! Cassy ! Tu t'es enfin réveillée, dit-il en embrassant sa main.

Mais celle-ci fit une grimace.

_Excuse moi, je t'ai fait mal ?

Elle sourit lorsqu'elle compris qu'il était à ses petits soins. Rassuré par ce sourire, ils se mis sur ses jambes et lui annonça :

_Je vais prévenir ton frère que tu es réveillée et aller te chercher des glaçons pour ta gorge.

Elle le retint par la main, et l'appela avec difficulté :

_J… Jack,… attends !

Il se retourna et l'interrogea du regard.

_Je suis contente que tu n'ais rien.

133

Bouleversé, Jack se pencha et posa ses lèvres sur les siennes. Ils furent interrompus le bruit assourdissant du bip provoqué par la machine de contrôle.

Ils se séparèrent et ricanèrent.

_On parlera tout à l'heure, d'accord ?

Elle acquiesça d'un battement de cil.

_Je te ramène Mitch…

Vingt minutes plus tard, les deux hommes et un médecin entourèrent la jeune femme.

_Et bien tout va pour le mieux. Si votre état reste stable, nous vous retirerons vos perfusions dans une semaine. Avec un sourire, il ajouta : bienvenue parmi nous mademoiselle Scott.

_Merci docteur, lui répondit-elle avec une voix beaucoup plus claire qu'à son réveille.

Le médecin sorti et Mitch s'empressa de demander :

_Alors, comment te sens tu petite sœur?

Imité par Jack, ils s'installèrent sur une chaise à son chevet.

_C'est encore douloureux mais je ne vais pas me plaindre, je suis encore là.

_T'évite de nous faire une frayeur pareille à l'avenir, d'accord ?

_Promis grand frère. Mais t'oublie que j'ai démissionné.

_Tant mieux sinon c'est moi qui t'aurais viré.

Ils rirent tous trois, mais Cassy grimaça sous la douleur.

_Ca va ? Tu veux que j'appel le médecin ?

134

_Tout va bien Mitch, le rassura-t-elle. Il vaut mieux que je ne rigole pas pendant un certain temps.

Voyant que sa sœur et son ami échangèrent quelques regards, Mitch commençait à se sentir de trop et préféra s'éclipser.

_Je dois aller m'occuper des papiers. Plus vite ce sera fait mieux ce sera. Je reviens te voir après d'accord ?

Il l'embrassa sur la joue et quitta la chambre les laissant seuls.

Jack sourit et s'assit près de la femme qu'il aimait.

_Pourquoi ai-je l'impression qu'il fuyait ?, demanda-t-elle en reprenant un glaçon.

_Parce qu'il a compris qu'on avait besoin de parler.

Celle-ci prit le devant en lui demandant :

_D'ailleurs, en quel honneur ai-je eut droit à ce baisé tout à l'heure ?

_Pour te remercier. Sans toi je serais mort à l'heure qu'il est. Personne n'a jamais survécu avec une balle dans le crâne.

_Oh ! Mais je t'en pris. Je suis sûr que tu aurais fait la même chose pour moi.

Si Cassy voulu cacher sa déception, Jack la connaissait beaucoup trop pour ne pas remarquer le changement d'expression sur son visage.

Mais il était trop tôt pour lui avouer ce qu'il ressentait. Il voulait attendre qu'elle aille mieux. L'hôpital n'est pas le meilleur lieu pour dire à une personne qu'on l'aime pour la première fois.

_Je voudrais aussi m'excuser pour mon manque de vigilance. J'ai agit comme un bleu. Ne pas s'assurer que Fineli était désarmé est une faute grave, et…

_Jack !, l'interrompit Cassy. Si c'est pour t'excuser que tu es resté, je préfère que tu t'en aille tout de suite.

Etonné par cette exclusion, Jack resta sans voix.

_J'en ai marre que tu fasse comme si de rien n'était. Tu m'embrasse, puis tu fuis pour ensuite m'embrasser encore une fois et m'ignorer à nouveau.

Elle s'arrêta un instant pour reprendre son souffle, et essuyer les larmes qui s'étaient échappés depuis le début de sa confession.

Jack la laissa se calmer pour qu'elle puisse poursuivre ses aveux.

_Est ce que tu vas continuer à te moquer de moi pendant longtemps encore? Continue à me considérer comme ta petite sœur que tu n'as pas réussi à sauver si ça te chante, mais moi ça ne m'intéresse pas.

La détresse de la jeune femme l'affecta. Il avait peur que sa crise n'aggrave son état. Il fallait qu'il la calme. Il posa une main sur sa joue et essuya du pouce les traces de sa souffrance.

N'avait-il pas subit la même détresse lorsqu'il pensait l'avoir perdu ? Il devait la rassurer au plus vite sans pour autant gâcher ses plans.

_Poussin ! S'il te plait calme toi, lui demanda-t-il avec douceur. Tout va bien se passer, d'accord ? Je veux tout d'abord que tu te rétablisse. Quand tu sortira, on ira manger un morceau et on parlera de ce qui se passe entre nous. Tu veux bien attendre ta sortie ? Ce n'est pas le meilleur endroit pour en discuter, tu ne crois pas ?

Cassy soupira et réfléchit.

_Comme tu veux…

Pour se donner une contenance, Cassy changea de sujet :

_Ils ne peuvent pas me retirer ces tuyaux ? Je vais bien, ça me gène plus qu'autre chose. Tu ne peux pas aller leur demander Jack, s'il te plait ?

Jack sourit. Il reconnaissait bien là ce petit bout de femme qui a toujours su le protéger. Il lui donna un baisé sur son front et alla se renseigner.

Chapitre VIII

Postée devant la fenêtre, Cassy attendait que son frère vienne la chercher. Une semaine après son réveille, les médecins lui avaient retiré les perfusions. Lui rendant ainsi tout autonomie. Deux semaines plus tard on la laissait sortir.

La jeune femme ressentait encore quelques crampes dans son abdomen. Mais le kinésithérapeute qui l'aidait à régénérer ses tissus musculaires, lui assurait que les douleurs s'estomperaient assez vite.

Le cliquetis de la porte de sa chambre la prévint de l'arriver de Mitch.

_Tu es en retard! lui reprocha-t-elle.

_Oh ! Bonjour petite sœur. Je vais très bien aujourd'hui, merci de t'en inquiéter, ironisa Mitch.

La jeune femme sourit et serra son frère dans ses bras.

_Excuse moi. Mais je n'en peux plus de rester ici. Un jour de plus et j'aurais fait une crise.

Il éclata de rire, prit le sac de voyage de sa sœur et l'escorta jusqu'à la sortie.

Assis derrière le volant, Mitch mit le contacte faisant ainsi rugir le moteur de sa voiture. Ils prirent le chemin du retour et parlèrent des travaux qu'il avait supervisé chez Cassy. Depuis l'intrusion de Fineli dans ses lieux, Mitch s'était occupé à renforcer la sécurité du pavillon de la jeune femme. Les fenêtres ont été changé par des doubles vitrages, une agence de la sécurité s'est déplacée pour installer une alarme beaucoup plus sophistiquée et les verrous avaient été changé.

_As tu vu Jack récemment ?

Cassy se souvint de la promesse que leur ami lui avait faite voilà un mois. Entre temps, il lui avait rendu visite et évitait d'évoquer leur sentiment. Il parlait de ses améliorations, et de ce qu'elle comptait faire quand elle aura quitté l'hôpital. Que de banalité en définitive.

_Oui. Qu'est que tu crois ? Le fait que tu démissionne n'empêche pas les gens de faire appel à CMJ's protection.

_Oui c'est vrai. Je suis un peu en décalage avec le temps en ce moment. En revanche je connais encore le chemin pour rentrer chez moi.

Mitch venait de tourner dans une ruelle, l'emmenant ainsi dans la direction opposée de son pavillon.

_Où allons nous ?

_Je t'emmène manger dans un bon restaurant.

_Un bon restaurant ? Je devrais me faire hospitaliser plus souvent, plaisanta-t-elle.

Cette remarque lui valu un regard noir accentuant ainsi son hilarité.

Jack avait tout organisé durant l'hospitalisation de Cassy. Il n'attendait plus que la jeune femme.
Caché dans un recoin du restaurant, Jack vit ses deux amis faire leur entré. Pour quelqu'un qui avait reçu une balle un mois plus tôt, Cassy était un peu affaiblit mais extrêmement rayonnante.

Tous deux s'assirent à leur table et commandèrent leur apéritif. C'est alors que Mitch se leva et le rejoignit.

_Monsieur est-il satisfait ? Il ne peut en être autrement puisque je lui confis mon unique sœur.

Jack sourit et lui donna une tape sur son épaule.

_Je te remercie mon pote. Bon j'espère que ça va bien se passer.

_Mais oui, arrête d'angoisser ! J'étais dans le même état que toi à mes débuts avec Kate. Et surtout le jour de ma demande en mariage, ajouta-t-il en ricanant. D'ailleurs je vais aller rejoindre ma petite famille. Tu me tiens au courant, je ne voudrais pas être le dernier à savoir la bonne nouvelle.

_Oui sans faute.

Il lui fit un clin d'œil et alla rejoindre Cassy.

Tout en sirotant son jus d'orange, Cassy apprécia la foule qu'il y avait autour d'elle, dans ce restaurant le plus convoité de la ville. La solitude de l'hôpital lui était devenue insupportable.

Cette idée d'aller au restaurant l'avait séduite. Mais Mitch l'avait vite abandonné pour téléphoner à sa femme. Cassy les enviait. N'était-ce pas la raison qui l'avait poussé à démissionner. Enfin l'une des raisons. Mais les deux raisons s'alliaient : construire une famille et Jack.

Jack?

Comme si son subconscient l'avait appelé, elle le vit s'approcher. Ne lui avait-il pas annoncé la veille, qu'il partait en mission ? Ce qui l'empêchait ainsi, d'être présent à sa sortie.

Il lui sourit et s'assit à la place de Mitch.

Remise du choc, Cassy l'apostropha :

_Mais que fais tu ici ? Et que fais Mitch ?

_Bonjour ma belle…

_Ne m'appel plus comme ça ! l'intima-t-elle. Se rendant compte de son agressivité, et s'expliqua :

_Excuse moi. C'est cette mission… Fineli me disait souvent que j'étais sa *bella.* Il me faut juste un peu de temps pour que je me réadapte.

_Tu n'as plus rien à craindre Cassy, il est mort. Il ne te nuira plus.

_Je sais bien, soupira-t-elle. Bon tu disais ?

141

Jack savait qu'elle cachait souvent sa détresse pour ne pas inquiéter ses proches. Ne voulant pas la contrarier, il répondit à sa question :

_Ta sortie s'est bien passée ?

_Arrête avec ces banalités s'il te plait. Pourquoi me faire croire que tu partais en mission aujourd'hui, si ce n'est pas le cas ?

Pour être directe, c'était du directe. Mais jack ne se laissa pas influencer.

_Tout simplement pour préparer cette journée. Mitch est parti, il m'a aidé à t'emmener ici le temps que je finalise ta surprise. Mais puisque tu es si impatiente, autant ne pas manger et partir tout de suite.

Il se leva et lui tendit la main. Mais elle se renfrogna et lui fit un signe de refus de la tête.

_Non ! Pas question ! La vraie nourriture m'a trop manqué, pour que je puisse me permettre de refuser un bon repas.

_Tu es sûr que tout va bien Cassy ?

_Oui, oui. Tu me rend nerveuse c'est tout.

Nerveuse, elle ? Ne pouvant se retenir il se mit à rire.

_Détends toi…

Ils déjeunèrent tranquillement et sans encombre. Arrivé au plat principal, Cassy s'était relaxée. Ils parlèrent de la mésentente qu'il rencontrait avec Millicent sur certaines missions. Mais avec du temps ils se comprendront mieux. Lorsqu'ils burent leur café, Jack demanda l'addition.

_Où allons nous maintenant ?

_Tu reste toujours aussi curieuse, dit-il en se levant.

Tous deux prirent le chemin de la sortie.

142

_Tu sais, enfant il était rare que j'ouvre mes cadeaux le jour de noël. Mes parents devaient se plier en quatre pour qu'ils puissent trouver une cachette sûr. Mais c'était peine perdu car…

Le spectacle qui s'offrit à Cassy à la sortie du restaurant, la laissa sans voix.

Un cheval d'une beauté époustouflante habillé d'une robe blanche, remorqué d'un calèche de bois de la même couleur recouvert de roses fraîches, était stationné devant la sortie du restaurent. Un cocher qui nourrissait l'animal, échangea un sourire complice à Jack et alla leur ouvrir la porte du véhicule.

Cassy sortie de sa stupeur et demanda :

_C'est pour nous ?, lui demanda-t-elle avec un sourire éblouissant.

Jamais il n'avait vu les yeux de la jeune femme si étincelants. Il su à cet instant qu'il avait fait le bon choix. Il lui prit la main l'attira au calèche et l'invita à monter :

_Si mademoiselle Scott veut bien s'installer.

Cassy éclata de rire et s'assit. Jack l'imita, la prit par les épaules et l'attira à lui. Quand au cocher, il prit les rennes et lança le cheval au trot.

Ils traversèrent la ville pour se rendre à Central Parc. Les New-yorkais y venaient pour pique-niquer, s'amuser et se promener. Le meilleur endroit pour les confessions.

_Tu espère m'impressionner ?

_Ai-je réussi ?

_Jack, tu n'avais pas besoin de faire autant d'effort pour moi.

Ils s'arrêtèrent au bord du lac et descendirent du calèche. Jack fourra des billets dans la main du cocher, qui continua son chemin en essayant d'attirer d'autres clients. Quand à eux, ils entamèrent une promenade autour du lac main dans la main.

_Ne t'avais-je pas promis à l'hôpital, que l'on parlerait de nous à ta sortie ? Alors autant bien démarrer, tu ne crois pas ?, reprit-il.

Cassy lui offrit un sourire timide, et baissa la tête.

_Parler autour d'un café aurait suffi.

Il s'arrêta, forçant ainsi la jeune femme à lui faire face.

_Non ! Ca n'aurait pas suffi, ce n'est pas de mon avis. J'ignore combien de temps tu as attendu avant que j'ouvre les yeux, alors c'est le moindre que je puisse faire.

_Mais…

Elle avait à peine ouvert la bouche, qu'il encadra son visage de ses mains et l'embrassa. Un baisé à la fois tendre et ferme, lui faisant comprendre que malgré ses contestations, il n'en sera pas autrement.

Cassy capitula et répondit à son baisé. Elle adorait embrassé Jack, sentir son corps athlétique contre le siens. Elle se sentait en sécurité entre ses bras. Elle ne su à quel moment elle avait passé ses bras autour de son cou. Cassy aurait voulu que le temps s'arrête. Lorsqu'elle poussa un gémissement de bien être, Jack resserra ses bras autour de sa taille.

Mais celui-ci se raidit brusquement et de redressa.

144

_Quoi ? J'ai fait quelque chose de mal ?

_Non !

Jack paraissait soucieux. Cassy avait l'impression qu'il se punissait à lui-même. C'est alors qu'il répondit à sa question muette :

_Pourquoi est ce qu'il a fallu que tu sois entre la vie et la mort, pour que je me rende compte que je t'aime plus que tout au monde.

Cassy senti le bonheur l'envahir. Jack l'aimait… L'homme qu'elle n'a jamais cessé d'aimer depuis douze ans, lui avouait enfin que ses sentiments étaient partagés. Mais pourquoi se torturait-il ?

_Jack ! On s'en fiche, le principal est que tu m'aime. Si tu savais depuis combien de temps j'ai attendu ce jour… Je t'aime chéri, et rien ne compte plus que notre amour.

Tous deux étaient restés enlacé. Cassy poussa un soupir et posa sa tête au creux de son épaule.
C'est là qu'elle a toujours voulu être.

_Je me moque à quel moment tu t'en es rendu compte. Arrête de te torturer s'il te plait.

_ Tu as raison, vivons l'instant présent.

Sans qu'elle ne s'y attende, elle vit Jack poser un genou à terre. Il lui prit la main et se lança :

_Cassandra Rose Linda Scott, veux tu me faire l'honneur de devenir ma femme ?

Cassy ne su si elle devait pleurer ou rire de joie. Mais sa blessure tout juste cicatrisée, la rappela à l'ordre lui arrachant une grimace.

_Ce n'est pas vraiment la réponse que j'attendais, dit-il en se relevant. Ca va ?

_Oui, ce sont les séquelles. Il faut le temps de la rééducation.

Il acquiesça et à bout de patience, lui demanda :

_Alors ?

Elle rie et se serra contre lui.

_Oui ! Je le veux de tout mon cœur.

Jack se pencha, mais fut interrompu par la sonnerie de son téléphone portable. Il poussa un soupir d'exaspération et le sorti de la poche.

_Rappel-moi de l'éteindre la prochaine fois.

Cassy sourit et l'entendit répondre :

_Clency, j'écoute!

_Jack? C'est Mitch. Excuse moi, mais une nouvelle mission t'attend.

_Ai-je droit à des vacances ?, s'écria-t-il.

_Seulement si ma sœur a eut le bon sens de te répondre oui, répondit-il en riant.

Jack contempla sa future femme qui lui rendit un regard plein de tendresse, et répondit :

_Présente la mission à Millicent, car mes vacances commencent dès maintenant...